小学館文庫

△が降る街

村崎羯諦

小学館

△が降る街

私の街では時々、三角形が降る。

三角形が降る日は街中の公共交通機関が止まり、人々は家に閉じこもり、高校は臨時休校になる。街は濃い灰色の雲に覆われて暗くなり、呼吸を止めたみたいに静まりかえる。空から降りしきる無数の三角形は、家の窓やコンクリートの地面にぶつかり、カラカラと錆(さ)びた鈴のような音を立てて、弾(はじ)ける。

三角形が降る日は人の声が恋しくなる。部屋のベッドに寝転がりながら、毎日顔を合わせているはずのクラスメイトを一人一人思い浮かべて、昨日の休み時間に話したたわいもない会話を頭の中で繰り返す。そして、大体午後を過ぎたくらいに、誰かから電話がかかってくる。だけど、いつも以上に人恋しくなっている時に限って、耳を塞いでしまいたくなるような、そんな電話がかかってくる。

「ずっと言おうと思ってたんだ。だけど、俺たち三人の関係を崩したくなくて、言えなかった」

俊介(しゅんすけ)が意味もなく鼻をすする音が聞こえてくる。怒られるんじゃないかって緊張している時にしてしまう俊介の癖。子供の時から変わらない、本人すら知らない、私しか知らない俊介の癖。聞いてる？　電話越しに俊介が確認してくる。聞いてるよと私は寝返りを打ちながら答える。小学生の時から使っている古いベッドが重みで軋(きし)む。ぐっと足を伸ばすと、足先がざらざらとした壁に触れた。

俊介が何を言おうとしてるのかも知ってるよ。喉元からでかかった言葉を、私はぐっと飲み込み、何のこと？　とおどけてみせる。ボロ布のようにくたびれた、馬鹿みたいな期待を胸に抱いて。

「俺と麻里奈(まりな)、付き合うことになったから」

外からは相変わらず三角形が降る音が聞こえる。電話越しに俊介が鼻をすする音。私はシーツのシワを人差し指でなぞりながら、返事をする。

「うん。わかってた」

私の街では時々、三角形が降る。

朝の微睡(まどろみ)の中、三角形が降る音で少しずつ目が覚めていく感覚は嫌いじゃない。窓の外からカラカラと音が聞こえてきて、寝ぼけ眼をこすりながら窓の方へ視線を向けると、カーテンの隙間から降りしきる三角形が見える。今日は休校かとぼんやりした意識のまま呟(つぶや)いて、ヘッドボードに置いてあるスマホを手に取って電源を入れる。そういう時に通知バナーに表示されているのはいつだって、幼馴染の麻里奈からの絵文字付きのメッセージ。

「怒ってるよね？」

どこか怯えるような声で麻里奈が聞いてくる。俊介との電話が終わって数分も経たずにかかってきた電話。さっき話が終わったよって、俊介から聞いたの？　そりゃ、そうだよね。だって、二人は恋人同士なんだから。私は意地悪でそう言ってやろうかと思ったけれど、麻里奈の傷ついた顔が頭をよぎって言えなかった。

「昔から三人一緒で、それが当たり前で、これからもずっとずっと三人一緒にいられたら良いなって本気で思ってた。美樹が俊介のこと好きだってことも気がついてたし、だけど、私に気を遣ってそれを表に出さなかったことも知ってる。でも、私は美樹みたいに強くなれなくて、好きって気持ちがどうしようもなくなって、わけわかんなくなって、でも、俊介だけじゃなくて美樹のことも大好きで、それなのに……それなのに……」

風が強くなる。窓ガラスに三角形が勢いよく叩きつけられる。先の尖った三つの頂点が、他の三角形とぶつかり合って音を立てた。カラカラ。カラカラ。それから消え入るような声で、麻里奈が呟く。

「ごめんなさい……」

私の街では時々、三角形が降る。

三角形は夜明けから降り始め、正午から夕方にかけてピークを迎える。だけど、一日以上降り続けるということは滅多になくて、夜のうちには降り止み、次の日の朝はいつだって、目が眩むほどの快晴になる。そして、街へ降り注いだ三角形は、翌朝になると跡形もなく消えてしまう。側道に積もった三角形も、ベランダに散乱した三角形も一つ残らず。残されるのはただ、朝に吹く、湿気をたっぷり含んだそよ風だけ。

麻里奈は「気を遣って」なんて優しい言葉を使ってくれたけど、私には初めから可能性がなかった。女の私から見ても麻里奈は可愛かったし、小さい時から守ってあげたくなるような、そんな存在だった。子供の頃はよく、足の速い私と俊介の後ろを小走りで追いかけてきて、置いてけぼりにされないようにと私や俊介の服の裾を摑んでは、いつもおばちゃんに注意されていた。そんな子供っぽい所があると思えば、私と俊介が口喧嘩してしまった時には、まるでお母さんみたいに私たちをたしなめて、まるで子供扱いするかのように、無理やり仲直りの握手をさせたりする。

私と麻里奈と俊介は物心がついた時から一緒にいて、同じ時間を同じ歩幅で歩いてきた。確かに私たちは一つの三角形だったんだと思う。だけどそれは多分、等辺が長くて、底辺が短い二等辺三角形。私はいつだって、近くで寄り添う二つの頂点を遠くから見つめる、仲間外れの頂点。同じだけの時間を過ごしてきたのに、同じだけの思い出を積み重ねてきたはずなのに、私の好きな人は私じゃないもう一人を選んだ。結局は顔かよ、バカ俊介。好きになった人にそう突っ込みながら、私は右頬のそばかすをそっとなぞった。

　私の街では時々、三角形が降る。

　街の人は家に籠り、降りしきる三角形の音を聞きながら止まった時間を過ごす。身体(からだ)を寄せ合って仲睦(なかむつ)まじげにひそひそ話をする人たちや、電話越しに愛を囁(ささや)き合う恋人たちがいて、その一方で、鉛のようにずっしりと重たい孤独に耐えている人がいる。ベッドから起き上がり、窓に近づいてカーテンを開けてみる。三角形が降り注ぐ街を見渡してみると、ヘッドライドを灯した車が、閑散とした大通りを横切っていくのが見えた。

　ベッドの上のスマホが振動している。俊介か麻里奈のどっちかかなと思ったけれど、二人の声を聞いたら泣いちゃいそうで、私はその電話に出ることができなかった。風がまた強くなり、横殴りの三角形が吹き荒(すさ)ぶ。ちょっとだけ窓を開けると、外から勢いよく風が吹き込んで、それに混じっていくつかの三角形が私の部屋の中へと入り込んでくる。窓を閉じると再び静寂が訪れて、床に転がった三角形が部屋の照明を反射して鈍色（にび）に光った。

スマホの振動が止む。私の浅い呼吸の音。どっちからかかってきたんだろうと少しだけ気になり、ベッドに戻ってスマホの画面を覗（のぞ）く。画面に表示されていたのは、俊介でも麻里奈でもなく、仕事中のお母さん。私はベッドに倒れ込んで、仰向けになる。孤独感と、自分の自意識過剰さに、深い自己嫌悪に落っこちていく。目を閉じてみる。目を閉じると、三角形が降る音が鮮明に聞こえてくる。今日降っている三角形はいつもより大ぶりで、地面に落ちて弾ける音の音程が少しだけ、高い。

私の街では時々、三角形が降る。

なぜこの地域に三角形が降るのか。次の日の朝には跡形もなく消えてしまうこの三角形が一体何なのか。その答えを知る人は誰もいない。翌朝に窓のカーテンを開けて外を見渡せば、空は晴れ渡り、遠くには薄い群青色をした山並みが見える。そして、街はゆっくりと呼吸を始める。街のあちこちから少しずつ人の声が聞こえてくる。窓を開けて外気を部屋の中に呼び込むと、湿気を帯びた風が私の髪を優しく撫（な）でてくれる。

スマホが振動している。またお母さんからだろうと思って、手にとって確認する。

画面に表示される麻里奈という名前。画面をタッチしようとする私の指が止まる。スマホを持った私の右手が虚しく震える。振動が止まり、麻里奈から電話がかかってきたことを示す通知パネルが画面に残される。

怒ってるよね？　麻里奈の言葉が耳鳴りのように聞こえてくる。怒れるんだったら、もっと楽になれたと思う。でもさ、私たちってそんな簡単な関係じゃないじゃんか。自分に言い聞かせるように、私はそう呟いた。私たちは物心がつく前から三人一緒で、この三角形が降る街で、同じ空気を吸って生きてきた。正三角形になったり、二等辺三角形になったりしながら、それでも決してバラバラになることはなくて、私たちはいつだって三つの辺でつながっていた。今までも、そして多分これからも。

深く息を吐く。なんて言ったらいいのかなんてわからないし、麻里奈の声を聞いたら、悔しさと寂しさで泣いちゃうかもしれない。それでも、私はスマホをぎゅっと握りしめる。そして、もう一度深く息を吐いてから、私は、私の大事な三角形の頂点の一つに、電話をかける。

目次

contents

文化的な最低限度の生活

「満島（みつしま）さんの診断結果ですがね、健康面に問題はないものの、文化指数が3・5と大変低い数値となってます。四十代男性の平均は25・7なのでかなりまずい値です。ご存知の通り、この文化指数がマイナスとなった場合、『すべて国民は、健康で文化的な最低限度の生活を営む義務を有する』という日本国憲法第二十五条違反として強制入院の措置が取られる可能性があります」

会社から受けさせられた人間ドックから一ヶ月。再検査のためクリニックを訪問した私は、医者から悪夢のような診断結果を伝えられた。ここ数年の生活習慣からひょっとしてとは思っていたものの、想像以上の低い数値を前に、深いため息が出てしまう。医者は丸い眼鏡をくいと上げ、非難するような眼差（まなざ）しで私を見つめる。

「すみません。ここ数年仕事が忙しく、文化的な活動をする時間が取れなかったんです……」

「最後に文化活動を行ったのはいつです？」

「ええっと、半年前に近所で開かれていた個展にぶらっと立ち寄ったくらいですね」

私の答えに医者が眉をひそめた。医者のその態度に、私は申し訳ない気持ちでいっぱいになる。

「うーん、お立場は理解できますが、この数値まで放っておいたのはちょっと良くなかったですね。努力義務とはいえ、労働法では企業に対して被雇用者の文化指数の管理が明記されてます。会社の立場も悪くなりますし、巡り巡って満島さん自身の評価も悪くなりますよ」

「そ、そんな」

「この数値のままではまずいので、とりあえず点滴を打って、文化指数を一時的に上げておきましょう。それから生活習慣の改善についてカウンセリングを行います。さあ、奥のベッドに横になってください」

私は医者に促されるままシャツの袖を捲り上げ、そのまま奥のベッドに横になった。すると、奥からすらりと背の高い看護師が医療器具を携えてベッドへとやってきて、ガチャガチャと音を立てながら点滴の準備を始める。文化指数を上げるための点滴は初めてだったので、私は好奇心から看護師の準備をじっと見つめていた。

「文化指数って確か美術館やコンサートに行かないと上がらないんじゃないんですか？　点滴って一体何を注入するんですか？」

看護師が私の方を振り向く。そして、私が指差した液体パックを見てようやく合点がいったのか、ゆっくりと丁寧な口調で教えてくれた。

「これは『人間の内なる泉の神』というチェコの現代アーティスト、クビションナが生み出した芸術作品です。クビションナは人間の内部にこそ至高的な美があると考え、美のイデアを外界の自然や神に求める伝統的な芸術観へのアンチテーゼとして、この点滴用液体パックを創作しました。この芸術作品は見るだけではなく、実際に点滴を使って身体(からだ)の内部に取り込んで初めて作品が完成するという、最近の流行でもあるインタラクティブアートの走りとして、二十世紀を代表するエポックメイキング的作品と評されています。つまり、まとめますと、この点滴という行為自体が芸術的であり、その作品の中に満島さんが組み込まれることによって、結果的に文化指数が上がるというわけなんです」

なるほど、と私はとりあえず納得して頷(うなず)いた。

「ちなみに液体の成分はなんですか?」

「液体自体は単なるブドウ糖注射液です。じゃあ、入れていきますねー」

腕に刺された針から『人間の内なる泉の神』が私の体内へと入り込んでくる。文化指数の低い私には、現代アートというものがよく理解できなかったが、この点滴自体が一種の素晴らしい芸術作品であることは伝わった。確かに液体パックの水位が低くなっていくにつれ、自分の文化指数が少しずつ上がっていくような気がした。

「看護師さんって芸術にお詳しいんですね」

「はい。一応、美大出身ですので」

「ちなみに文化指数っておいくつなんですか」

「私の文化指数は1億です」

「1億……！　とても文化的な方だ……!!」

一時間ほどで点滴を打ち終えると、医者が戻ってくるまで先程の診療室で待つように促された。そのタイミングで看護師から何枚かののパンフレットを渡されたので、退屈しのぎに内容を確認してみた。それは近場の美術館やクラシックコンサートの案内で、右下には、これが健康保険の適用対象であり、実質三割負担で来場可能であることが記載されていた。

「それでは今後の満島さんの生活習慣についてのカウンセリングを始めましょうか」

医者が書類を携えて戻ってくると、開口一番にそう言った。

「カウンセリングと言ってもそんな素晴らしい提案をできるというわけではないんですがね。とりあえず理想的な治療としては、満島さんに美術館やコンサートへ定期的に通ってもらうことなんですが、どうでしょう？」

「もちろんそれが一番であることは重々承知しているんですが、最初にお話しした通り仕事が忙しくて、そういう場所に行く暇がないんです」

「困りましたねぇ。仕事帰りの三十分も駄目ですか？　提携先の美術館なんですがね、国内の若手現代アーティストの作品を二十四時間展示しているところがあるんです。現代アートなので作品の背景やコンテキストを学ばないと中々理解できないという問題はありますが、いかがです？」

「その場合、どれくらいの頻度で通えば文化指数を上げることができるんですか？」

医者は資料をペラペラとめくり、何かを確認する。

「そうですね……。芸術というのも結局は、ただ見れば良いってものではなく、理解したり感動しないと意味がないですからね……。現代アートはきちんとその素晴らしさを理解できる人には大変効果があるんですが、文化指数の低い方にはそれほど効果がないと言われてます。なので、満島さんの場合、週三回通ってようやく現状の文化指数を維持できるくらいで、文化指数を上げるためにはそれ以上の頻度で通う必要がありそうですね」

「うーん、さすがにそこまで余裕はないんですよね」

「そうですよねぇ」

「わがままを言って大変申し訳ないのですが、何かもっと手軽に文化指数を上げる方法ってないんでしょうか？」

　私の質問に医者が腕を組み、必死に案を考てくれる。そして、数分間の熟考の後、何かを思いついたのかポンと膝を叩いた。

「そうそうこの治療法をすっかり忘れてましたよ。芸術は見るだけのものではないですからね、自分が作る側であってもいいのです。むしろ、上昇率で言えばただ見たりするだけよりもずっと効果的なんです」

「芸術を作る、ですか？　そんな……浅学な私にはとても無理です」

「いえいえ、芸術に優劣なんてありませんから、思うがままに芸術活動を行えば良いんです。そうですね、この医院では患者さんに絵を描くことを一番おすすめしています」

「昔っから絵心はとんとなくて、自分の下手くそな絵を見てストレスが溜まっちゃいそうです」

「それでは小説はどうでしょう？」

「小説ですか？　それもまた難しそうじゃないですか？　ストーリーなんて重いつけ

ないですし」

「いえいえ、簡単ですよ。面白い作品だけが小説ではないですからね。例えば、今日の出来事や会話を時系列に沿って文章にまとめて、自分がその時どう思ったのかをちょろっと書くだけでも立派な短編小説の完成ですよ。それだけだとつまらないのであれば、ちょっとだけ嘘（うそ）を紛れ込ませるのも良いかもしれませんね」

「でも、きちんと最後まで書けるか自信がないです」

「大丈夫ですよ」

「というと？」

「初めは原稿用紙十枚程度の短い話でもいいんです。誤字脱字があったり、途中から会話文ばっかりになってもいいんです。とりあえず完成させること、それが一番重要なんです」

「そう言うわれると確かにできそうな気がしてきました」

「では、満島さんにはその治療法を行ってもらうこととして、一週間後に経過観察をしてみましょう。小説を一作品でも良いので書いてもらって、それが続けられそうか、どれくらい文化指数が上がるかを見てみましょう」

「はい。わかりました。それでは一週間後、よろしくお願いします」

私は深々と医者に頭を下げ、そして、決意を胸に帰路につくのだった。

＊＊＊＊＊

私は自分が書いた小説を読み返してみる。

うん、生まれて初めて書いた小説としては中々の出来ではないだろうか？　きちんとあの日のことを順序立てて描写できているし、読みにくいところもあまりない。確かに後半は前半に比べて地の文が少なくなり、会話文ばかりになっている。後半は集中力も欠けていたから誤字脱字も多くなってるかもしれない。しかし、医者の言う通り完成させることが一番重要なのだから、これくらいは目を瞑（つぶ）ってもいいだろう。

そして、この小説の中で一番気に入っているのは私が看護師に文化指数を聞くところだ。実際には、看護師とこのような会話を交わしてはいないのだが、医者の言う通り、ちょっぴり嘘を入れた方が面白いだろうと思って入れたのだ。3・5とか25・7という小さい数字が出た後に、1億というありえない数字が出てくるところに面白みがある。思いついた時には、クスリと自分でも笑ってしまったほどだった。

大変ではあったが、実際にやってみると小説を書くということは中々に楽しいことだと思った。これなら、無理に美術館に通うよりもずっと続くような気がする。

明後日(あさって)の経過観察で文化指数が多少なりとも上がっていることを願うばかりだ。

きっともっとずっとぎゅっと

「ねぇ、追いかけっこしよーよ。誰も私と遊んでくれないからさ、すごい退屈なの」

夢の中の私はそう言った。彼女は小学校の制服を着ていて、背丈は私の腰くらい。半袖から覗く両腕は透き通るように白かった。私は小学校の校舎にいた。周りには誰もいないけれど、耳を澄ませたら誰かの話し声が聞こえてくる。よーい、スタート。小学生だった頃の私がそう言って、廊下を走っていく。私は明晰夢の中で、その場に立ち尽くしたまま小さくなっていく彼女の背中を見つめ続けた。二十年以上前に通っていたこの校舎が、私の胸をぎゅっと締め付ける。私を呼ぶ、小学生の私の声が、廊下の壁に反響して聞こえてきた。

この夢を見るのはこれで何度目だろう？　私は校舎の窓から外の景色を見つめ、考える。小学校の校舎で、小学生だった頃の私と追いかけっこをする夢。忘れた頃にやってきて、そして毎回全く同じ場所から始まる夢。私は外の景色から視線を戻し、彼女が消えていった先を見つめる。それから小さなため息をついた後で、私はゆっくりと歩き出す。

お父さんとお母さんは私が三歳の時に離婚して、それからはお母さんの実家で暮らし始めた。お母さんはバリバリのキャリアウーマンで、平日だけではなく休日もずっと働き詰め。家事や育児は全部おばあちゃんに任せていて、私の記憶の中のお母さんはいつも電話で誰かを怒鳴りつけていた。電話の声とか、乱暴に部屋の扉を閉める音を聞くたび、私は心臓の鼓動が速くなり、息苦しさを感じた。優しくされたことがあまりなかっただけで、暴力を振るわれるといったことはなかったし、今になってみれば、シングルマザーとして私を養っていかなければならなかった大変さも理解できる。だけど、その時の私にとってお母さんはただただ怖い人だったし、家の中にいても心が落ち着くということはあまりなかった。

夢の中で、私は小学校の廊下を歩いていく。そしていつもと同じように、見覚えのある教室の横で立ち止まった。開いた窓から教室の中を見てみると、それぞれの児童が席をくっつけあって給食を食べている。隅っこに溜(た)まったゴミ、誰かが蹴ってへこんだロッカー、ビリビリに破かれた掲示物、それらに何の関心も持たない担任の先生。そんな教室の隅っこで、小学生の私は誰とも席をくっつけることなく、一人で給食を食べていた。彼女は誰とも目を合わせないように顔を下に向け、早く食べ終わってしまわないように、パンを小さくちぎって、口に運んでいた。

「ねぇ、さっきから変な臭いしなーい？」

その声に私の胸がざわつく。夢の中で何度も聞いているはずなのに、いつまで経ってもその悪意がこもったセリフに慣れることはない。発言した女の子の周りの子たちが、確かに変な臭いがするね、とおかしそうに笑い出す。小学生の私の手がピクリと止まるのがわかった。だけど、彼女が顔をあげることはない。その女の子たちがちらちらと自分の方を見ていることに気がついているから。女の子たちの笑い声とともに、教室の空気が重たくなっていく。小学生の私は耐えきれなくなって、そのまま立ち上がり、教室を飛び出していく。扉が閉められた瞬間、女の子たちがどっと大きな笑い声をあげた。その笑い声から少しでも離れるように、小学生の私は足早に廊下を駆けていった。小学生の私が私の横を通り過ぎていく。そのすれ違いざま、彼女の顔が真っ赤になっているのがわかった。

「そっちじゃないよ」

別の方向から声が聞こえてくる。これもいつもと一緒。私が声のする方へ顔を向けると、そこにはさっきよりも少しだけ背が伸びた小学生の私が立っていた。彼女は私をじっと見つめた後で、そのまま廊下の角を曲がり、姿を消す。私は胸の前でぎゅっと拳を握りしめながら、彼女が消えた方向へと再び歩き出す。

いじめについて、誰かに相談することはなかった。相談をしなかったというより、誰かに相談するという発想自体がなかったのかもしれない。全てを小さな胸に抱え込んで、いじめのこととかお母さんのこととか、そういったことはできるだけ考えないようにしていた。それがその時の自分にできる、たった一つの自分を守るための手段だったから。小学生の時の私は表情が暗く、口数も少なかったけど、それに対してお母さんが疑問を持つことはなかった。むしろあまりわがままを言わなかった私を、お母さんは手がかからない子で本当に助かると言って、笑っていた。

「ゆうこちゃん。こっちの班においでよ。そんなやつと一緒にいないでさ」

「でも……」

五年生の教室から聞こえてくる会話に耳を傾ける。教室ではグループワークのための班ぎめが行われていた。私の横にいたゆうこちゃんが、違うグループの女の子から誘いを受けていて、二人を交互に見ながら困ったような表情を浮かべていた。

「この宿題するためにね、今度お泊まり会するんだ。ゆうこちゃんもうちの班においでよ」

「本当？　それは行きたいかも……」

ゆうこちゃんがちらりと私を見る。それから「ごめんね」と聞こえるか聞こえないかの声で呟いて、ゆうこちゃんはもう一人の女の子の元へと駆け寄っていく。一人ぼっちかわいそー。別のグループにいた女の子がわざとらしい声をあげ、周りの女の子たちが笑う。小学生の私は、優しく接してくれていたゆうこちゃんをじっと見つめていた。だけど、憎いとか裏切られたという感情はなかったと思う。そんな感情を抱けるほど、私の心は強くなかった。その時の感情はきっと、諦めに似ていた。

「友達なんて私にはできない。ずっと私は一人ぼっちで、誰も私と仲良くなんてしてくれない」

声のする方へ振り返る。そこには小学生の私が立っていて、背の高い私をじっと見上げていた。この夢の中で、何度も彼女が口にしているその言葉に対して、私はゆっくりと首を振り、それは違うよと優しく否定する。小学生の私はじっと私を見つめ続けていた。この夢を見始めた最初の頃は、その冷たい視線から目を逸らしてしまっていた。だけど、今は違う。私は決して目を逸らさず、彼女の視線を受け止め続けた。そのことに何か意味があるとは思っていない。それでも、そうしなければならないと私は直感的に理解していた。

嘘つき。小学生の私がそう言いながら姿を消す。周囲を見渡すと、いつの間にか日が暮れていて、窓から見える空が藍色が混じった茜色に染まっていた。廊下に映る長い影。下校を促す校内放送。誰もいない教室へと視線を向けると、白いチョークで黒板に書かれた日付が目に留まる。縦に並んだその数字は、大人になった今でも忘れることはできない。私は廊下を走り出す。息を切らしながら階段を上り、そのまま校舎の屋上へと出る。そこには柵に手をかけている小学生の私がいた。私は彼女の元へと駆け寄り、柵を乗り越えようとしている彼女を無理矢理引き離した。力一杯後ろに引っ張った反動で、バランスを崩した身体が後ろへ倒れていく。小学生の私をぎゅっと抱き抱えた状態で、私は硬いコンクリートの上に倒れ込んだ。

「消えてしまいたい」

胸の中で、小学生の私が呟く。彼女はずぶ濡れだった。トイレでいじめっ子たちから水をかけられた記憶が蘇り、彼女を抱きしめる力を無意識に強くする。遠ざかっていく笑い声を聞きながら、トイレの個室で自分の髪から滴っていく水滴を見つめながら、私は本気で死のうと思っていた。きっとこの苦しみが終わることなんてないし、今よりももっと辛いことしか待っていないのかもしれない。だから、もう死んだほうがいい。ずぶ濡れの私は泣くことも怒ることもできずに、そう考えることしかできなかった。

ねえ、聞いて。私は腕をそっと解いて、小学生の私の顔をじっと見ながらそう言った。彼女が私を見つめ返す。全てを疑ってかかるようなその表情が、私の胸をキリキリと締め付ける。繰り返し見ているこの夢の中で、彼女はいつも同じような表情で私を見つめていた。だから私も繰り返し彼女に語りかける。

「高校生になったらね、あなたは他の県の高校に進学することになる。そこでね、真子(まこ)っていう同級生に出会うの。真子は人気者で、人と仲良くなるのが得意でね、なかなか周りに馴染(なじ)めなかった私に声をかけてくれて、私をみんなの輪の中に入れてくれた。色んなところに一緒に行って、いっぱい遊んで、それから私が小学生の時の話を打ち明けたら、私のために心から泣いてくれた。そんな素敵な友達が、あなたにはできる。いや、真子だけじゃない。他にもたくさん優しいお友達ができて、それに信じられないかもしれないけど、怖いお母さんとも仲良くなって、一緒にお出かけにだって行くようになる。幸せだって、自信を持って言えるわけじゃないけど、あの時自殺しないで良かったって、今は心の底からそう思えるの」

私の言葉に、小学生の私の泣きそうな表情が少しだけ和らいで、今度は呆(あき)れ顔になる。いつも同じこと言ってる。彼女の言葉に私は微笑(ほほえ)みながら言葉を返した。

「何度だって言うよ。あなたが生きてて良かったっていつか思えるように、私も頑張るから」

私は誰にも抱きしめてもらえなかった、あの頃の私を抱きしめる。幸せになるって約束するのも、小学生の私をぎゅっと抱きしめるのも、何度も同じ夢の中でやったことなのに、なぜか最後はどうしようもなく泣きそうになってしまう。そろそろ目が覚めるねと小学生の私が言って、そうだねと私が返事をする。彼女の表情は暗く、冷たいままだった。だけど、そのことを嘆いたり、悲しんだりはしない。彼女の気持ちが救われるまで、何度だってこの夢を見て、そして何度だって素敵な未来が待ってるって言い続けてみせるから。

「またね」

私の呟きとともに、景色全体が暗くなっていく。全ての輪郭がぼやけていく中で、私は夢の終わりを悟り、目を閉じる。そして遠のいていく意識の向こう側から、小学生の私が小さな声で、待ってると呟いたような気がした。

＊＊＊＊＊

私はゆっくりと目を開ける。視界に映ったのは旅館の高い天井。身体を起こすと、肌触りの良い浴衣の生地が、二の腕あたりをそっと撫(な)でる。夢の内容ははっきりと覚えている。小学校の校舎も、小学生だった頃の私も、そして思い出すたびに胸が痛んだいじめの光景も、全て。

「おはよう。しかめっ面で寝てたけど、変な夢でも見てたの？」

声のする方へ振り返ると、そこには真子がいた。真子も私と同じ浴衣を着ていて、窓際のソファでくつろいでいた。どうしてここに真子がいるんだろう。ぼんやりとした意識の中で考えていると、彼女とお泊まり旅行に来ていることをようやく思い出す。

「敦子（あつこ）がイギリスに海外赴任しちゃったら、そんな寝ぼけ顔とも当分オサラバなんだよね。あの大人しかった敦子が海外を飛び回ってるなんて、正直いまだに実感が湧かないんだけどさ」

真子が戯（おど）けたように呟き、私は彼女に微笑み返す。海外生活が始まる前に旅行にでも行って、女二人で語り明かそうよ。私の提案に真子がいいねと笑い返してくれた時のことを思い出し、心の中が不思議と温かくなっていく。またあの夢を見ちゃったと真子に伝えると、真子は久しぶりだね、と何でもないような表情を浮かべたまま言葉を返す。

「また約束してきたの？」

「うん」

私の言葉に真子が嬉しそうに笑った。いじめられていた頃の夢を繰り返し見るのは、心に深い傷が残ったままだからだと言われたことがある。過去の自分から呪いをかけられているのだと言われたこともある。でも、私にとってはどちらでも良かった。たとえ夢の中であったとしても、未来を悲観していた自分に、あなたの未来はそれほど悪くないよと伝えることができるなら、呪いと言われたっていい。私は何十年経っても同じ夢を見続けて、同じようにあの頃の私に伝え続けたい。

真子がこれから巡る予定の観光地について楽しそうに話し始める。大好きな友達の話を聞きながら、私は次にまたあの夢を見たら、今日の楽しい思い出について話してあげようと思った。夢から覚める直前に聞こえた、待ってるという言葉を思い出す。真子が観光パンフレットを広げ、私もソファに腰掛けた。窓から差し込む朝の光を浴びながら、私たちは始まったばかりの楽しい一日について話し始める。

ハンカチーフ

私がいつものように、近所を散歩していると、目の前を歩いていた男性の後ろポケットから、ひらりと一枚のハンカチが落ちるのが見えた。男は落とし物に気が付かない様子で、また周囲には私とその男以外に人がいなかった。

私は親切心からそのハンカチを拾い、肩を叩(たた)いて、落とし物を知らせてあげた。しかし、落とし主の男はそれを受け取ると、裏表をじっと観察したのち、大げさに首を横に振った。

「これは、私のハンカチじゃありません。あなたのハンカチでしょう」

「いやいや、たった今、あなたの後ろポケットから落っこちるのをこの目で見たんですよ」

「何をおっしゃいます。自分の目ほど信じられないものがありますか。もう一度、よく見てみなさい」

私は男に言われた通り、手渡されたハンカチを観察してみる。すると、そのハンカチの唐草模様は確かに見覚えのあるものだった。さらに、ひっくり返して裏を見ると、右下に私の名前が金色の糸で刺繍されていた。これはまさに私が去年の誕生日、仲のいい同僚からプレゼントされた、私のハンカチだった。

「いやはや、すみません。あなたの言う通り、これは私のハンカチです。家に置いてきたはずなんですがね。不思議なこともあるもんだ」

「そうでしょう、そうでしょう。これからはあんまり自分の見たものを信じすぎないようにするべきですな。下心をもって近づいて来る連中よりも、日頃本当のことばっかり言って、ほんのたまにしか嘘をつかない、私たちの目の方がよっぽどたちが悪いですから。それはそうと、もしかしたら、この帽子もあなたのものではないですか？」

　男はかぶっていたこげ茶色のベレー帽をつかみ、私にそれを手渡した。まさかとは思いながらも、その帽子を子細に観察してみる。それは数年前に妻からプレゼントされたものの、ここ最近は玄関の帽子掛けにかけっぱなしにしている私の帽子だった。

「つかぬことをお伺いしますが、もしかして、あなたは私の家を訪れたことがあるのでは？」

　すると、男は憤然とした態度で言い返した。

「あなたは私を下劣極まりないコソ泥だとおっしゃるのですか？　無礼ですぞ！　せっかく、親切心から、あなたにお渡ししているというのに！」

「いやいや、決してそのようなつもりでは！　なにせ不思議なことがこう立て続けに起こったものですから、変に疑ってしまいました。ご無礼をお許しください」

私は男に気圧され、思わず謝ってしまう。それだけ男の怒り方は嘘偽りのない、本心からくるもののように感じられた。そうだとすると、どうして目の前の男が私のハンカチと帽子を持っているのか、不思議でしょうがない。

もしかすると自分の知り合いなのかもしれない。男を上から下まで食い入るように観察してみると、ふと男の右手に違和感を覚えた。

「ちょっと待ってください。あなたの右手を見せていただけませんか？」

男は躊躇なく、右手を私の目の前でパッと開いて見せた。私は顔をぐっと近づけて、差し出された手のひらを隅から隅まで見つめる。そして、親指と人差し指の付け根にある、火傷痕を発見した。それは私が幼いころ、熱い鍋のふたに手を置いた時にできたものとまったく同じものだった。

私は真偽を確かめようと、視線を右下へと向けた。しかし、右手首の先についているはずの手は、いつの間にかなくなってしまっていた。私はすっかり驚いて、この一連の種明かしを求めて男の方へと顔を向けた。

「気が付きましたか、この右手も確かにあなたのものです」

「返してください！」

男は困ったように眉をひそめた。よく見てみると、その眉もまた私の見覚えのある形をしていた。

「返したいのはやまやまですが、それだと私の右手首の先がなくなってしまいます。ハンカチや帽子ならいざしらず、右手を返すわけにはいきません。利き手がないと、満足に食事をとることができなくなるじゃないですか」

「そんなもの……左手を使えばいいだけでしょう！　とにかく、それは私のものなんですから返してもらわないと困ります！」

「そんな無茶な」

元々は私のものなのに、なんて言い草だ。私の内奥から怒りがふつふつと沸き上がり、こうなったら力ずくで取り返すしかないと考えた。

私は男に飛びかかろうとした。しかし、飛びかかるために必要な足がいつの間にかなくなっていた。私の胴体は支えを失い、そのままどすんと地面に落っこちてしまう。下は硬いアスファルトだったため、落下の衝撃で腰に激痛が走った。思わず情けないうめき声をあげてしまう。

「私の足を返せ！」

しかし、目の前に男の姿はなかった。代わりに私の目に映ったのは、胴体を芋虫のように動かしながら、痛みに悶えている私の姿だった。ついに私の目までも男に盗まれてしまっていたということだった。

「なんでも……なんでもしますから私を返してください」

目の前にいる私が恐怖の表情を浮かべながら、男に懇願していた。

「本当に申し訳ありません。ただ私にだって愛する家族がいるのです。ここであなたにこの両目と両手を返してしまえば、愛する妻を抱きしめたり、愛おしい子供の成長を見届けることができなくなります。それだけは何があっても避けたいのです。赦してくれとは言いませんが、どうか私のわがままを理解してください」

「そんなこと知ったこっちゃない！」

私は叫んだ。しかし、すでに腕も胴体も消えてなくなり、ただ地面の上に頭部だけが毬のように転がっているだけだった。そして、もうその顔はペンキで塗られたように真っ白で、本来あるはずの目鼻口は消えてしまっていた。

男が瞬きをし、再び目を開けると、そこに私の姿はなかった。男はそばに放り出されていた帽子とハンカチを拾った。そして、男はそのまま道を歩き出す。アスファルトを踏みしめるたびに、足の裏がキンキンと痛んだ。

からあげが安くて、
たくさん食べられるお店

「うーん、条件をすべて満たす物件は見つからないですね。からあげが安くて、たくさん食べられるお店だったらご紹介できるんですけど」

不動産屋さんの言葉に、私は「はい？」と聞き返す。不動産屋さんは失礼しましたと平謝りをして、「いやですね、物件は無理でも、からあげが安くて、たくさん食べられるお店ならご紹介できるんです」と改めて説明する。

「えっと、ここは一応不動産屋さんですよね？」

「え？　もちろん。そうですけど」

「で、私はここにお部屋探しに来ているわけですよね？」

「当たり前じゃないですか。ですから、さっきから私はこうしてお客様のご要望をお伺いして、物件を探しているんです。あっ、ここの部屋なんてどうです？　駅からはちょっとだけ遠くなりますが、他の条件は満たしてますよ」

引っ掛かりを覚えながらも、私は不動産屋さんが提示した物件を確認する。確かに、駅から徒歩五分という条件は満たしていないものの、それ以外はなかなか理想的な物件だった。ちょっと内見してみたいです。それでは、今から管理会社に電話してみますね。不動産屋さんは営業スマイルを浮かべ、立ち上がった。

それから私は紹介された部屋の内見を行い、早くしないと埋まっちゃいますよという決まり文句に押されて賃貸契約を結んだ。街の雰囲気も良さげだし、都心まで電車で一本というところもすごく魅力的。運が良かったなと少しだけ得意になる。

引っ越し業者とともに荷物を元の住居から新居へ運び込む。それから住所の異動手続きのために役所へと向かった。転入届の記載欄を埋め、椅子に座って事務手続きが終わるのを待つ。長い待ち時間の後でようやく自分の番号が呼ばれ、新しい住所の住民票の写しを受け取る。受け取りの際、人の良さそうな受付係のおじさんが人懐っこい笑顔で尋ねてくる。

「からあげが安くて、たくさん食べられるお店はもうご存知ですか？」

「はい？」

私は念のためもう一度聞き返す。おじさんは滑舌が悪くてごめんなさいと謝罪した後で、からあげが安くて、たくさん食べられるお店はご存知ですかと先程よりもハキハキとした口調で訊ねてきた。

「いえ……知りませんけど。油物はお肌にも悪いし、行くつもりもないんですが」

「いやいやいや、絶対一度は行ったほうがいいですって。びっくりしますよ。この町の自慢なんです」

「知りませんよ、そんなこと！」

私は苛立たしげに突っぱね、役所の外へ出る。なんなんだ、一体。不動産屋さんといい、あの受付の人といい、こっちが知りたくもない情報を一方的に言ってくるなんて。いくら紹介したいといっても話の流れというものがあるべきだし、そんなにゴリ押しされたらどんなに素晴らしい店だとしても行く気がなくなるじゃん。そう思いながら帰り道を歩いていたその時、私は後ろから突然声をかけられる。

「Excuse me?」

後ろを振り返ると、そこには大きめのリュックサックを背負った外国人が立っていた。地図アプリを表示したスマートフォンを片手に、英語で捲し立ててくる。

「I heard there is a famous restaurant where we can eat lots of karaage at low prices. Could you tell me how to get there?」

「あっと、えっと。私、英語はわからなくて……」

英語を理解できずにおたおたしていると、偶然そこを通りかかった青年が私たちの間に入り、私に代わって流暢な英語で質問に答え始めた。大通りを指差し、おそらくどこかへの行き方を説明し出す。外国人は嬉しそうな表情でお礼を言い、青年が「Have fun!」とフランクに返す。ありがとうございます、と私がお礼を言うと、青年は謙虚に、困った時はお互い様ですよと照れ臭そうに答える。

「ところで、あの人はなにを探してたんですか？」

「ああ、さっきの人ですか。からあげが安くて、たくさん食べられるお店を探してたんです」

私の表情が固まる。そして目の前の青年はもじもじと指先を動かしながら、言葉を続けた。

「あの、せっかくのご縁ですし……今度、からあげが安くて、たくさん食べられるお店で一緒にお食事でも……」

「い、行きません！」

私は青年が言葉を言い終わらないうちに断りの言葉を叫び、慌ててその場を離れた。危ないところだった。確かに、ペラペラと英語を話す姿は格好良かったし、見た目も少しだけタイプだったけれど、それに騙されてまんまとあのお店に連れて行かれるところだった。少しだけ浮かれ気分だった自分の気持ちを改めて引きしめる。周りの人間があの手この手でお店に連れて行こうとしたとしても、絶対に行ってたまるか。私は私にそう言い聞かせる。

　部屋に帰ると同時に電話が鳴る。午後から荷ほどきを手伝ってくれると言っていた愛華からだった。午前中の用事が押していて、少し遅れるらしい。私はわかったと言う代わりに、ちょっと聞いてよと、不動産屋さんでのやりとりから今日までの出来事をかいつまんで説明する。愛華は呆れた口調で相槌を打った後、そんな意地にならなくてもと言ってくる。

「ひまりはあまのじゃくすぎるんだよ。そんなにいいお店なら一回行ってみるのもありだと思うけど？」

「愛華まで私をその店に連れて行こうとしてるわけ？　絶対にその手には乗らないから！」

　そのタイミングで玄関のチャイムが鳴る。言い返そうとしてくる愛華に、電力会社の人かもしれないからと断りを入れて電話を切る。そのまま私は玄関のドアを開ける。しかし、そこに立っていたのは、今時珍しい訪問販売員だった。

「ご紹介させていただきたいのはですね、国産の羽毛を使った、ハイクラスな掛け布団でして……」

「いえ、間に合ってるんで大丈夫です」

「じゃあ、じゃあ、せめて違うものをご紹介させてください。からあげが安くて、たくさん――」

私は黙って扉を閉める。リビングに戻るとテーブルの上の携帯が着信を告げていた。きっと愛華だろうと思って電話に出ると、電話の向こうから聞こえてきたのは、知らない男性の声だった。

「えっと、山下浩司さんのお電話で間違いないでしょうか？」

「いえ、違いますけど」

「あ、ごめんなさい。間違い電話でした！」

男性が素っ頓狂な声で謝る。

「えっと、ですね。間違い電話をしてしまって大変申し訳ないんですが、ちょっとお伺いしてもよろしいでしょうか？」

嫌な予感がする。なんでしょう、と私が聞き返し、男が言葉を続ける。

「からあげが安くて、たくさん食べられるお店をご存知であればぜひ教えて頂きたいのですが……」

「知らないわよ、馬鹿！　死ね!!」

私は勢いよく通話を切る。間髪を入れずに再び電話がかかってくる。私は通話ボタンを押し、叫ぶ。

「しつこい！　電話をかけてくるな‼」

ちょっとした沈黙。さっきの男からの電話ではない。その事実に気がつくと同時に、電話の向こうからはいつになく冷え切った愛華の声が聞こえてきた。

「……ああ、そう。引っ越しの手伝いをしてくれる友達にそんな口の利き方をするわけね。もういい、わかった。もう手伝ってやんない」

「え？　ちょ、ちょっと待っ――」

ツーツーと無情な電子音が聞こえてくる。私は携帯電話をソファの上に叩(たた)きつける。どれもこれも、あのからあげが安くて、たくさん食べられるお店のせいだ。行き場のない気持ちに駆られるがまま髪をかきむしる。散々な目にあわされて、気分は最悪。もう、絶対に許さない。苦情の電話までは入れないが、一生あのお店には行かないと決意する。お金を積まれても、食べるものがなくなっても、絶対にあのお店にだけは行かない。私は自分の心に誓うようにその言葉を呟(つぶや)く。

私はあのからあげが安くて、たくさん食べられるお店には絶対に行かない。私はあのからあげが安くて、たくさん食べられるお店には絶対に行かない。絶対に。絶対に……。

051　からあげが安くて、たくさん食べられるお店

「嘘(うそ)⁉　これだけの量で二九九円⁉」

思い出放送

『ママ、見て！　ちぃね、お絵かきを先生から褒められたの！』

テレビ画面いっぱいに映し出される、幼稚園時代の私の笑顔。汚れも何も知らず、愛想笑いなんて言葉すら知らない純粋な笑顔。若かりし頃の母親が画面に現れて、私の頭を優しく撫でてくれる。三年前に若くして亡くなってしまった母親のその表情に、私の中で色んな感情が渦巻いて、胸が苦しくなる。家にビデオカメラがなかった私の家では、昔の思い出をこうして映像として残すことはできなかった。だからこそ、幼い頃の私と若い母親の姿を見ることができるのは、今まさにテレビに流れている、思い出放送の中でだけだった。

思い出放送。最初にその噂を聞いた時は、単なる都市伝説の一つでしょ、と馬鹿にしていた。深夜のある時間帯、どこの放送局にも割り当てられていないあるチャンネルに変えると、テレビ画面に自分の思い出、それも素敵な思い出だけが映し出されるという摩訶不思議な噂。

私は好奇心から一度だけ試してみようと思った。放送があるという時間帯にチャンネルを合わせ、そして画面に映し出された自分の過去の映像。カメラで録画していたわけでもない私の思い出が、こうしてテレビ画面に映し出されているのはとても不気味なことではあった。それでも、画面いっぱいに映し出された懐かしい思い出に、私は目を離すことができなかった。

『えー、恥ずかしいってば。やっぱ、一緒に来てよ』

『何恥ずかしがってんのさ。ほら、早く行かないと。後藤君待ってるよ』

思い出放送は毎日、同じ時間帯に放送された。思い出放送を見つけてからというもの、その放送を視聴するのが日課になった。画面に映し出される高校の制服を着た十年前の私。サッカー部の後藤君に告白しようとする私の背中を陽菜乃が押す場面。

陽菜乃は高校時代の親友で、その頃は何をするにもどこへいくのにも一緒だった。だけど、高校を卒業して以降、あれだけ仲の良かった陽菜乃とも、少しずつ疎遠になっていった。顔を合わせるのも、半年に一回から、年に一回になり、それから陽菜乃の結婚を機に、ずっと連絡を取っていない。場面が移り、私があっけなく告白に撃沈するところでエンドロールが流れ始める。佐々木千智、新城陽菜乃、後藤雄大、その他エキストラ。出演者の名前が流れた後で、画面一杯にテロップが映し出される。

『思い出放送は皆様の素敵な思い出の提供でお送りしました』

その後、テレビの画面は真っ黒になり、放送を受信できませんというメッセージが表示される。私はリモコンを力なく握りしめたまま、電源を切ることもできず、立ち上がることもできず、ただただ昔の思い出を追想しながら真っ暗な画面を見続けた。

『フレー、フレー！　あ・か・ぐ・み！　フレッフレッ赤組！　ゴーゴーゴー！』

場面は中学時代の運動会。声援の中、赤組がリレーで白組を追い抜く。カットが変わり、中学生の私が映る。赤い鉢巻きを頭につけ、テープで作った赤いポンポンを両手にはめ、無邪気に声を張り上げている。赤組がトップでバトンを渡し、私は隣の女の子とハイタッチを交わす。この子の名前はもう思い出せないけれど、画面に映し出されているこの日のことははっきりと覚えている。中学生時代の私の楽しい思い出として。

『私、後藤君のことが好きになっちゃったかもしれない』

『本当⁉　詳しく聞かせてよ！』

高校の帰り道によく寄り道をしていたファーストフード店。向かい合わせに座る私が少しだけ恥ずかしそうにはにかむと、陽菜乃が興味津々な顔で詰め寄ってくる。思い出放送では私の素敵な思い出しか放送されない。嫌な思い出や恥ずかしい思い出、そして特に記憶に残らない思い出は決して放送されない。だから、毎日見ていると以前にも見た同じ思い出が再放送されるということもある。それでも、思い出放送自体が人生の再放送みたいなものだったから、別にそんなことは気にならなかった。一人ぼっちのワンルーム。安いチューハイを片手に私はじっと昔の思い出を見続ける。単調な毎日に忙殺されている今よりも、希望に満ちていたあの日の思い出を。

そして、毎日思い出放送を見続けて、私は気がつく。思い出放送で映し出される素敵な思い出の中に、高校を卒業してからの思い出が一切含まれていないということに。

――社会人の退職および鬱病の発症が先月から急増しています。景気の後退が主たる要因と考えられていますが、詳細な原因は不明なままとなっております。この報告を受け、厚生労働省は調査チームを発足し……。

思い出放送を見るのが日課になってから、昼間の時間帯にぼーっとしていることが多くなった。仕事にも身が入らず、上司から怒られることも増えていった。私は今この瞬間を生きているというのに、意識だけはふわふわとどこかを彷徨(さまよ)っている。休日に外出することも少なくなったし、食事の量も少しずつ減っていった。それに代わってお酒の量だけが増えていって、のめり込むように思い出放送に見入るようになった。

『うちらって一生親友だよね？』

『当たり前じゃん！』

画面の中の陽菜乃が私に微笑んだ。肘がテーブルの缶を倒し、底の方に残っていたお酒が溢れる。だけど、それを掃除する気力すら今の私には湧いてこなかった。テーブルの端から滴り落ちる液体と、画面の中の眩しすぎる自分の思い出を見比べながら、私は声を押し殺して泣いた。思い出放送のエンドロールが流れ、真っ暗な画面に戻る。明日の仕事に備えて早く寝なければならないのに、不安と孤独で心が押しつぶされそうだった。

陽菜乃は今、どうしているだろうか？　私は涙を服の袖で拭いながらそんなことを考える。連絡してみようと思ったことは何度もあったけれど、それを実行に移す勇気が私にはなかった。私にとって陽菜乃は唯一無二の親友だったけれど、陽菜乃にとっての私がそうであるとは限らなかったから。陽菜乃には私よりもたくさん友達がいて、毎日を楽しむことのできる人間だった。結婚をして、幸せをつかんだ彼女のこれからの人生に、きっと私の居場所はない。私たちって親友だよねと笑いながら頷いてくれた陽菜乃の顔が思い浮かんで、吐き気にも似た孤独感が押し寄せてくる。

私は冷蔵庫からお酒を取り出し、震える手で蓋を開ける。その時。テーブルの上に置かれた携帯電話がピコンとメッセージの着信を知らせる。こんな時間に誰からだろう。私はふらついた足取りでテーブルへと近づき、メッセージの送り主の名前を見る。携帯電話の通知バナーに表示されていたのは、先ほどまで画面で私に笑いかけていてくれた陽菜乃の名前だった。

＊＊＊＊＊

「思い出放送って知ってる？」

とある喫茶店。どうして急に連絡してきてくれたのか聞いてみると、数年ぶりに会った陽菜乃はそう尋ね返してきた。

「初めは単なる噂なんでしょって思ってたけどさ、試しにテレビをつけてみたら本当に映ってるんだもん。びっくりしちゃった。でね、それからたまにその放送を見るようになってさ、そこで……千智との思い出が放送されてたの。連絡をしたあの日初めて千智が登場したってわけじゃなかったけど、テレビの画面に何回も千智が出てくるのを見てるうちに、いてもたってもいられなくなってさ、深夜なのにＬＩＮＥしちゃった」

迷惑だった？　と陽菜乃が聞いてくる。私は首を横に振り、すごく嬉しかったと嘘偽りない気持ちを伝えた。店内にはどこか懐かしいジャズが流れていた。高校の時に二人一緒に過ごしていた安いチェーン店ではない、おしゃれな喫茶店。懐かしいねと私が呟くと、陽菜乃もそうだねと上品に笑った。

「親友だって言ってたのに、高校を卒業してからいつの間にか疎遠になって……。でも、そんなもんだって自分に言い聞かせていたのかもしれない」

私の言葉に陽菜乃が目を伏せる。陽菜乃からではなく私から連絡することもできたはずなのに、なぜそうしなかったのか。それはきっと、私の方が心のどこかで彼女との関係を信じ切ることができなかったから。

「そうだね。私も正直そうだった。高校生の時はお互いに親友だよねって言い合ってたけど、口先だけで、本当はそうじゃなかったのかも」

私は陽菜乃の言葉に頷く。昔は良かったよね。そう口を開きかけた。だけどその時、陽菜乃が顔をあげ、にこりと微笑む。

「だからさ、改めて親友になろうよ。高校の時みたいな形だけの親友じゃなくて、本当の親友に」

陽菜乃は照れ臭そうに笑っていた。昔のような可愛らしい八重歯を覗かせて。

「昔みたいにとはもちろん言わないよ。でもさ、こうしてたまに会って、色んなことを話して、くだらないことで笑い合おうよ。一度疎遠になって後悔しちゃってるからさ、きっと次はもっと上手くいくと思うんだ。あれだけ仲が良かったんだもん。これからだって、素敵な関係を作れると思うんだ。というか、あれ? ひょっとして泣いてる?」

私が涙を拭って見つめ返すと、陽菜乃もまた、瞳を涙でうっすらと濡らしていた。そして、それから。高校の時に親友だった私たちは、あの日よりもちょっとだけ上品に笑い合った。高校生でもないし、制服を着ているわけでもない私たちの笑い声は、あの日よりもちょっとだけ慎ましげだった。今度遊びに行こうよと陽菜乃が提案する。うん、行こうと私が答える。私たちの楽しげな会話に合わせるように、喫茶店のBGMが違う曲へと移り変わった。

＊＊＊＊＊

陽菜乃と数年ぶりに再会した日。私は数ヶ月ぶりに思い出放送を見ないままベッドへ潜り込み、穏やかな気持ちのまま眠りについた。翌朝目が覚めた時、いつもよりもずっと心は軽く、そして窓の外の空はいつもよりも澄んで見えた。

私の生活が大きく変わったわけではない。相変わらず単調な毎日は続いているし、お酒だって中々止められない。それでも、一日中思い出放送のことばっかり考えているということはなくなって、穏やかな気持ちで一日を過ごすことが多くなった。あれだけ依存していた思い出放送を見なくなり、荒んだ気持ちのまま眠りにつくこともなくなっていった。

だけど、ある日の深夜。久しぶりに夜ふかしをして、ふと部屋の時計を見た時、ちょうど思い出放送が放送されている時間だということに気がついた。すごく見たいという衝動はなかったけど、まだ放送は続いているんだろうかという好奇心に駆られ、私はテレビをつけてチャンネルを合わせた。

『だからさ、改めて親友になろうよ。高校の時みたいな形だけの親友じゃなくて、本当の親友に』

画面の中の陽菜乃が私に照れくさそうに微笑みかけた。それと同時にエンドロールが流れ始める。主演、佐々木千智、斎藤陽菜乃。リモコンを手に持ったまま、私はテレビ画面を見つめる。はるか昔の思い出ではない、新しい思い出。胸の中が温かい何かで満たされていくような気がした。

エンドロールが終わる。そして、ポップな音楽とともに、テレビ画面にはお馴染み(なじ)みのテロップが映し出されるのだった。

『思い出放送は皆様の素敵な思い出の提供でお送りしました』

折りたたみ式彼氏

私の彼氏はハイスペックだ。高学歴で、高収入で、イケメンで、そして何より折りたたみ式だ。収納に困らなそう。女友達がそう言って彼氏のことを羨ましがるたびに、私は自分自身が褒められているみたいで嬉(うれ)しくなる。私の自慢の彼氏だし、周りの友達や親戚に紹介しても恥ずかしくない。でも、そんな彼氏を持って幸せなのかと聞かれると、正直なところ自信はない。スペックの高い彼氏がいて自尊心とか承認欲求は満たされているかもしれないけど、一緒にいると気疲れしてしまうし、時々本当に自分がこの人の彼女でいいんだろうかって不安になってしまう。

ある晩、ベッドで一緒に寝ている時、どうしようもない孤独感と寂しさで頭が一杯になって、私は泣きながら自分の気持ちを彼氏に打ち明けてみた。だけど、彼はなんだか面倒くさそうに私の話を聞き流すだけで、そんなに辛(つら)いなら別れるか？って冷たい言葉で突き放すだけ。別れたくない、でも私のこの辛い気持ちを少しでもわかってほしい。そう言うと、彼は機嫌を悪くして、「仕事の疲れを癒やしてくれる明穂(あきほ)が好きで付き合ったのにさ、そんな面倒くさい女みたいなこと言わないでくれよ」とぼやく。それから彼はこれ以上話したくないとため息をつき、別の場所で寝るわと私を残して一人ベッドから抜け出した。

折りたたみ式の彼は器用に身体を折り曲げた後で、机の下の小さなスペースへそのまますっぽりと入り込み、そのままそこで寝始めた。彼の綺麗な折りたたみ式フォルムに胸がキュンキュンしながらも、誰にも理解してもらえない寂しさが胸いっぱいに広がって、私は一人ダブルベッドの上で枕を濡らした。私が彼に依存しすぎているってことも、もっと私が彼に見合うだけの女にならなくちゃいけないってことも頭では理解していた。だけど、一人では抱えきれない寂しさに共感して、ただただ寂しいんだねって優しく私の頭を撫でて欲しかった。それだけで私の気持ちは満たされるのに、どうして冷たく突き放すことしかしてくれないんだろう。泣き疲れた私はいつの間にか眠りにつき、カーテンの隙間から差し込む朝日で目が覚める。泣きはらした目をこすりながら部屋を見渡してみる。彼はもう仕事へ出かけてしまっていて、彼が寝ていた場所には、がらんどうの空きスペースがあるだけだった。

「そんなクソみたいな男と別れてさ、俺の女になれよ」

そんな心身ともに疲れ果ててた時に知り合ったのが、タクヤだった。タクヤは渋谷で働く美容師で、少しだけ遊び人で、それから充電式だった。乾電池式なんて今時流行んねーよ。タクヤは自分のコンセントをくるくると手で回しながら、すれ違う乾電池式の人間をそう言って嘲笑(あざわら)っていた。ヤンチャで自信家で、いつも楽しませてくれるタクヤに、私はどんどんのめり込んでいった。折りたたみ式の彼氏と比べたら場所を取るし、充電式だから電気代も馬鹿にはならないけれど、恋に溺れた私はそんな小さいことなんか全然気にしなかった。

結局私は折りたたみ式の彼氏と別れ、充電式のタクヤと同棲(どうせい)生活を開始した。だけど、初めのうちは楽しかった生活も、日に日にタクヤの粗暴さが目立ち始め、いつしか以前と同じようなストレスを感じるようになっていった。同棲を始めて数ヶ月後、タクヤは私に相談もないまま仕事を辞め、無職のまま一人でふらふらと遊びに出かけるようになった。私もそこまで稼ぎが良いわけでもなかったし、二人の生活費とタクヤの電気代で家計はどんどん苦しくなっていった。働いてよと必死にタクヤにお願いしたが、タクヤは口先だけで自分から動こうともしない。友達のツテで仕事を紹介しても、二、三日でばっくれてしまう有様だった。

そのうち、家賃や公共料金の支払いすら滞っていき、とうとう私たちの家の電気が止められてしまった。充電式のタクヤは生命(いのち)の危険を察知したのか、大声で私を罵倒した後で、そのまま何かをわめきながら家を出て行ってしまった。数日後、私の家に警察官がやってきて、タクヤが逮捕されたことを知った。ちなみにタクヤが犯した罪は、区役所での盗電だった。

折りたたみ式彼氏、充電式彼氏と付き合って、私はようやく自分自身が変わらなくちゃダメだということに気がついた。今までの私は自分の不安とか自信のなさを恋愛で紛らわそうとしていただけ。自分を幸せにしてくれる王子様を探すという考えを改めて、私は自分で自分を幸せにする覚悟を決めた。恋愛から一旦距離を置き、とりあえず私は自分の今の仕事に真摯に取り組むことを決めた。仕事関連の資格を取って、新しいことにチャレンジして、毎日を一生懸命に生きてみる。色んな人と出会って、色んな経験をして、いつしか私は、恋愛なしでも十分に自分の生活が満たされていることに気がついた。誰かに頼ることのない、自立した自分。今の私を昔の私が見たら、きっと驚くと思う。

仕事も軌道に乗り出し、プライベートも充実してきた頃、私は浜岡(はまおか)さんという男性と知り合った。実直で、優しくて、何とか式という特徴もない普通の男性。知り合った当初は異性として意識しているわけでもなく、ただ趣味が合う友達という距離感だった。だけど、何度も二人で遊びに出かけていくうちに彼の優しさに惹(ひ)かれ、私たちはいつしか付き合うようになった。以前の彼氏のようなドキドキはなかったけれど、一緒にいるだけで心が落ち着いたし、この人とだったらこの先何十年も一緒にいられるのかもしれない。そんなことを実感できる恋愛だった。

そして、付き合い始めて三年目の私の誕生日。彼はあまり二人で行ったことのないようなレストランを予約してくれて、私たちはそこで綺麗な夜景を見ながら食事をした。デザートを食べ終わった後、ふと彼が私の目をじっと真剣な表情で見つめていることに気がつく。

私も彼の目を見つめかえす。穏やかな沈黙。彼は胸ポケットから小さな箱を取り出す。そして、少しだけぎこちない動きで小さな箱を私の目の前に置き、ゆっくりとそれを開ける。箱に収められた、素朴な婚約指輪。私は思わず驚きの声をあげ、慌てて自分の口を両手で押さえた。

驚いた私の表情を見た彼が微笑む。そして、箱から取り出した指輪を摘み、そっと私の左手を握った。感じたことのない幸福感が全身を駆け巡って、私の視界は嬉し涙でぼやけ始める。そして彼は、私の手を優しく持ち上げながら、少しだけおどけた口調で、こう言った。

「今まで何とか式っていうものに痛い目にあわされてきた明穂に、こう言うのはちょっとおかしいかもしれないけど……僕と、結婚式を挙げてくれませんか？」

無重力のδ

私の好きだった男の子は怪物になって、結局挽肉(ひきにく)にされてしまいました。それからというもの、私はお肉が食べられません。

無重力のδ(デルタ)は言いました。人間が怪物になるんじゃなくて、怪物が人になられるんだ、と。無重力のδはいつも、すぐには理解できないような、小難しい言葉を使って説明します。曖昧さを排除しようとしたら、そのような言葉を使うしかないのさ。無重力のδは口癖のように、そんな言葉を繰り返します。

やっぱりよくわからないですと私が伝えると、隣にいた物知りのγ(ガンマ)がなられるというのは受動態という種類の言葉なんだよと教えてくれました。私は横にいた物知りのγの顔を見上げます。物知りのγはこの惑星に存在する人間の中で一番背が高い人間です。右頬から額にかけて大きな火傷(やけど)の痕があって、皮膚はカルトラ湖の底のように赤黒くただれています。いつもお腹(なか)から声を出すけれど、笑う時だけ風船のように胸が膨らんで、しぼみます。私は理屈っぽい無重力のδよりも、優しい物知りのγの方が好きです。私がそれを伝えると、無重力のδは笑って、逆に物知りのγは悲しげな顔をしました。どうして悲しい顔をするんですか？　私の問いかけに、それは私にもわかりませんと物知りのγが答えます。物知りなのに変なのと私が笑うと、無重力のδがまた難しい言葉を使って哲学を語ります。

「知らないことが多いという意味では、物知りの方が僕たちなんかよりも遥かに無知で、無力なのさ」

そして私たち三人が基地でお話をしている時はいつも、木曜日のαは青緑色をしたユネ湖の底で眠っています。そこで彼女は夢を見ています。彼女の夢は、私たちの過去でもあり、未来でもあります。私や木曜日のα自身も結局は彼女の夢の中の幻想でしかなく、目覚めると同時に消えていく泡のような存在なのかもしれません。木曜日のαはいつも寝てばかりいるのですが、それでも私は彼女のことが大好きです。長い眠りから目覚めた木曜日のαは腰まで伸びた灰色の髪から水を滴らせ、裸足のまま基地の中を歩きます。その姿は美しくて、神秘的で、まるで見てはいけないものを見ているような感じがして、思わず息を飲んでしまいます。木曜日のαは私に気がつくと、曜日によって色が変わる瞳を大きく見開き、それから可愛らしいウィンクをしてくれます。そのまま彼女は穏やかな微笑みを浮かべて、私の方へ近づいてきます。彼女の濡れた髪には時々、ユネ湖の底に生えている虹色の藻が絡まっていて、昼白色の照明を反射してキラキラと輝いています。それに気がついた私はそわそわしてしまって、もらってもいいですか？　と彼女に尋ねるのです。

「欲張りさんね。まるで冬眠から目覚めたばかりのリスみたい」

そう言いながら木曜日のαは髪に絡まった虹色の藻を取り、私の手にそっと握らせてくれます。彼女の手は濡れていますが、不思議と冷たくはなくて、温もりを感じます。それから私たちは、壁にもたれかかって座り、お喋りを始めます。彼女の声は鈴の音のようによく響いて、そんな綺麗な声を聞くと私は、どうしようもなく泣きたくなるのです。

「どうしてあの男の子は怪物になってしまったのですか？」

私は無重力のδに尋ねます。すると無重力のδは音を立てずに笑い、私の目をじっと見つめながら答えてくれました。

「理由なんてないさ。僕や君が怪物になる可能性だってあったし、ひょっとしたら誰も怪物にならない可能性だってあったのかもしれない。だけど、それは誰にもわからない。結局は確率の問題だから」

「確率って何ですか？　神様みたいなもの？」

「神様よりもずっと良いものだよ。徹底的に中立で、公正で、そして何より僕たちに変な期待を抱かせないからね」

無重力のδの言うことはやっぱりよくわかりません。でも、それは今に始まった事ではないので、仕方ないのです。自分が気に入らないという理由で誰かを変えてしまうことは、あまり褒められたことではないからです。

私の身近な人が怪物になってしまったのは、これが初めてではありません。私がまだ小さくて、基地の地下にある二人部屋に住んでいた頃、同じ部屋に住んでいた女の子が怪物になってしまいました。無重力のδの言葉を借りるのであれば、確率の問題によって。

その女の子は私より三歳年上で、笑うと右頬にエクボが浮かぶのが特徴でした。右耳には十字架の形をした小さなピアスをつけていて、緊張している時、嘘（うそ）をついている時、無意識のうちにそのピアスを触るのが彼女の癖でした。私たちの部屋には二段ベッドが置かれていましたが、私たちは一段目の狭いベッドで、同じ毛布に包（くる）まって寝ていました。眠れない夜にはよく、私は横で眠っている彼女のピアスをじっと見つめていました。十字架の先端についた丸いガラスが、カーテンの隙間から差し込んでくる星の光をキラキラと反射していて、まるで暗い夜空に一人ぼっちで浮かんでいる星を見ているみたいで心が落ち着きました。眠たくなると私は彼女を起こさないようにそっと身体(からだ)をくっつけて、両手で彼女の身体を抱きしめます。彼女は私よりも頭一つ分背が高いのに、抱きしめた身体は私の両手が届くくらいに細くて、そして、冷たかった。

彼女が怪物になってしまったのは、星が青白く輝いていたある夜のことでした。目を開けると、部屋の中はまだ暗くて、一緒に寝ていたはずの女の子がいなくなっていることに気がつきました。もう一度寝ようと思って目を瞑(つぶ)りましたが、なぜか眠れなくて、私はそのまま身体を起こします。そして、浴室へと続く扉の隙間から明かりが漏れているのに気がつくと、私はそっとベッドから抜け出して、誘われるようにそちらへ近づいて行きました。裸足で歩く夜の廊下は冷たくて、耳を澄ますと足の裏と床が擦(こす)れる音が聞こえてきたことを、私は今でも覚えています。

扉を開けると、眩(まぶ)しい照明の光が目を刺しました。軽いめまいを覚えながら脱衣所に入り、浴室の扉を開けると、そこには怪物になった女の子がいました。彼女の身体は水で濡れていて、シャワーの縁からは水が滴っていました。切れかかった浴室の照明は明滅していて、私の視界から怪物になったその子の姿が現れたり、消えたりしていました。私は呼吸を止めて、ただ怪物になった女の子の姿を見つめました。空気は冷たくて、毛布の温もりが少しずつ身体から抜けていくのがわかりました。

「見ないで……」

　怪物になった女の子はそう言いました。低く落ち着いた彼女の声ではなく、怪物の声で。私はただ頷いて、後退りをしながら浴室から出て行きました。それからベッドの中に潜り込み、自分は夢を見ているのだと思い込むことにしました。身体全体が震えて、いくら息を吸っても酸素が足りなくて、頭の中がぐちゃぐちゃになって何も考えることができませんでした。しばらくすると、部屋の外が騒がしくなり、扉が勢いよく開く音がします。私は顔を上げ、そちらへ視線を向けました。武装した三人の大人たちが中に入ってきて、そのまま一人ずつ浴室へ消えていきました。そして、浴室からタップを踏んだような乾いた銃声が聞こえてきて、それからまた部屋全体が静まり返ります。それから二人の大人が、怪物になった女の子を引きずりながら出てきました。私は黙ってその光景を見つめることしかできませんでした。二人は怪物とともにそのまま部屋の外へ出て行きます。床に残された真っ赤な血の跡が、青白い月明かりに照らされてとても綺麗でした。

　それから部屋に残っていたもう一人の大人が浴室から出てきて、ベッドにいた私に気がつきます。その人物は少しだけ躊躇った後で、ゆっくりと私の方へと近づいてきました。暗闇に慣れた目でじっと見つめていると、その人が逆さまのβだということがわかりました。逆さまのβはベッドの横で膝をつき、そっと私の頬に手を当てました。彼の手は大きくてゴツゴツしていて、硝煙の匂いがしました。服の裾には血が斑点模様のようについていて、革のベルトの表面が所々剝がれていました。

「あの子はどうなっちゃうんですか？」

逆さまのβはこの惑星にいる人間の中で一番強くて、可哀想なほどに優しい人でした。だから、何も知らない私の残酷な質問にも、逆さまのβは何も言わず、ただ私の額にそっとキスをしてくれました。それから逆さまのβは静かに立ち上がって、部屋を出て行きます。逆さまのβは教えてくれませんでしたが、怪物になった女の子はこの基地の慣例通り、挽肉にされてしまいました。その時の私はそのことを知りませんでしたし、それを誰も咎めることはできませんでした。

「惑星が枯れつつある時、こういうことが起きるんだ。いや、起きると言ったら語弊がある。こういうことが起きる確率が跳ね上がる。そう言うべきだね」

無重力のδはそう言いました。惑星が枯れるとはどういうことですか？　私が尋ねる前に、無重力のδが言葉を続けます。

「惑星は生きている。そして、寿命がある。惑星は生まれた瞬間から、死に向かって枯れ続けていく。そして途方もない時間をかけて惑星が枯れ切った時、悲しみから夜が涙を流す。夜が流した一雫（しずく）の涙は砂漠に落ちて、それが新しい惑星の種となる。いずれそこから芽が出て、新しい惑星が生まれる。それを繰り返しながら、この宇宙は今の形を保ち続けているんだ」

「授業で、人類は昔地球という惑星に住んでいたと聞いたことがあります。地球がなくなってしまったから、私たちはいまこの惑星にいるということも。その地球も他の惑星と同じように枯れてなくなってしまったということですか？」

「よく勉強してるね。偉いじゃないか。でもね、地球は枯れてなくなったわけじゃないんだ。枯れることができるのは、美しく清らかな惑星だけ。汚されて、ぐちゃぐちゃになった惑星は枯れることができない。そういう惑星は枯れるんじゃなくて、腐っていくのさ。惑星が腐って死んでしまっても夜は涙を流せない。涙が流せないのだから、新しい惑星が生まれることはなく、宇宙から惑星が一つ、永遠に消えてなくなってしまう。悲しいことにね」

　時間をカチコチに凍らせてしまって、惑星も人間も今の姿のまま、未来永劫（えいごう）変わらなくしてしまいたいと考えることがあります。けれど、時間はそんなことなどお構い無しで、螺旋（らせん）を描くように同じ毎日を繰り返します。

　木曜日のαは夢を見て、逆さまのβは怪物を殺します。物知りのγは本を読み、無重力のδは哲学を語ります。そんな毎日の中で、私は今日も怪物になった男の子のことを想(おも)います。そして時々、同じように怪物になってしまったあの女の子と、枯れることもできずに消えていった地球という惑星のことを想います。

確率によって定められた運命の中で、今日も私は私でいることができてとても幸せです。悲しい気持ちが尽きることはないですし、お肉を食べることはまだまだできそうにないです。それでも、部屋に飾った虹色の藻を見つめていると、この世界はどうしようもなく美しいことを思い出すのです。

今日が終わって、明日がやってきたら、そのことを心からお祝いしたいです。そしてそれから、木曜日のαと一緒にユネ湖へ行こうと思います。青緑色の湖に潜って、虹色の藻をポケット一杯に詰め、それを物知りのγに自慢するつもりです。優しい逆さまのβにはおすそわけをするけれど、屁理屈(へりくつ)な無重力のδには一本だけしかあげません。時間が過ぎていくのは恐ろしいけれど、明日が来るのは楽しみです。

きっと私はこれからも、そんな風に生きていくんだと思います。今も枯れつつある、この惑星の上で。

浮気確率63%

浮気者だった彼氏と別れた次の日。突然私は、目の前にいる男性がどれだけの確率で浮気するのかがわかるという能力に目覚めてしまった。

能力そのものはすごく単純で、男性の頭上に『浮気確率』という言葉とパーセント表記の数字が見えるというもの。男性は既婚者であろうと独身者であろうと関係なく見えるが、女性は見えない。もちろん最初は失恋のショックで幻覚が見えているだけだと思ってた。だけど何日経ってもその数字は見え続けたし、さらに頭上に浮かぶその数字が、あながち間違っていないということがわかるにつれ、この能力が本物だと信じるようになっていった。

一途な性格で評判だった既婚者の男友達の頭上には3%という低い数字が表示されていたし、女たらしで有名な友達の彼氏には96%という数字が表示されていた。冴えないおじさん上司の浮気確率が高くてその真偽を疑ったりもしたが、よくよく話を探ってみると、不倫がバレて妻と離婚調停中なんてこともあったりした。逆に芋っぽくて女っ気のない同僚の浮気確率は0%に近くて、お前はそもそも浮気しないんじゃなくて、できないだけだろと心の中で突っ込んだりした。

そしてこの能力を使って男性を観察しているうちに、これは私にとって強力な武器になるのではないかと考えるようになった。少し前までの私は、男性は全員浮気する生き物だと信じていた。だけど、実際に色んな男性の浮気確率を確認していくうちに、浮気する確率が低い男性も意外と多くいるということがわかった。イケメンで浮気確率が低い男性は大体既婚者だったりはしたけれど、それでもこの統計的な事実は私の希望になっていた。

昔から素敵なお嫁さんになるのが夢で、結婚願望は人一倍強い方だと思う。そして、何度も何度も浮気男に引っかかり、散々泣かされてきた私としては、浮気をしないというのは結婚相手に求める最低条件になっていた。この能力を使えば、その条件に合う男性を簡単に見つけ出すことができる。ひょっとしたらこれは、私が最高のパートナーを見つけるために神様がくれた贈り物なのかもしれなかった。

だとしたら、失恋を引きずってぐずぐずしている暇はない。私は理想的な結婚を求めて、早速行動に移した。婚活サイトに登録し、たくさんの男性と効率的に出会える婚活パーティへ片っ端から参加した。私は一度にたくさんの男性と対話できるこの機会を利用し、浮気確率が低い理想的な男性を探し求めた。

三十代前半の公務員。浮気確率82%。不合格。四十代後半の自営業男性。浮気確率20%。確率は申し分ないけど、年上すぎて年齢的になし。三十代後半の大企業社員。浮気確率53%。ちょっと迷うけど、浮気確率が高いし、会話の端々から伝わってくるプライドの高さに引いてしまったので不合格。そんな審査を心の中で繰り返しながら、私は男性を見極めていく。特殊な能力を持つ私にしかできない完璧な戦略。この能力さえあれば、すぐにでも理想的な男性を見つけて、そのままゴールインすることができる。私はそう信じきっていた。

だけど、現実はそんなに甘くなかった。浮気確率が低い男性が少ないというわけではない。むしろ、街ですれ違う人や知り合いと比較すると、平均値自体は低い。それでも、浮気確率の低さに惹かれてこちらから話しかけてみると、言動に男尊女卑の考えが垣間見えたり、会話が全然弾まなかったり、こっちの話を聞かずに一方的に自分の話ばかりしたり……そんなのばっかりだった。逆に、浮気確率が高くて不合格とジャッジした人に限って、会話が弾んで楽しかったり、ささやかな気遣いや優しさが見えたりして言いようのないもどかしさを感じることが多かった。

浮気しないということは絶対に譲れない条件だ。だけど、婚活パーティで出会う浮気確率の低い人は、浮気をしないのではなく浮気できないだけなんじゃないかと思うような人ばかりだった。人並みに恋愛をしてきて、それなりに異性からモテてきた私が、彼らを本気で好きになることができるかと聞かれたら、正直難しい。結婚生活という長い時間を共にする相手だからこそ、心から好きになれる人を、一緒にいて楽しいと思える人を選びたい。そんな婚活の壁にぶつかった時、私はふと、以前親友の舞香に言われた言葉を思い出す。

「浮気しない男はいると思うけど、多分そういう男を律子は好きになれないと思う」

彼女のその言葉が今になって心に深く突き刺さる。浮気はされたくない。でも、できるのであれば、魅力的な人と結婚したい。たったそれだけの願いが贅沢だというのだろうか？　今までだって多くの男性から、それも友達が羨ましがるような男性から交際を求められてきた。それなのに、こんなささやかな願いすら叶えられないなんて絶対に間違ってる。

私はそれからもがむしゃらに婚活パーティに参加し続けた。だけど、いくらお金と時間を費やしたところで、私の理想とする男性とは出会えない。私は心身ともに疲れ果てていた。一生独身で生きていくしかないと考えるようになり、友達と会った時もついつい不安と愚痴を吐いてしまうようになった。そんなある日。私を見かねた舞香が、気分転換に合コンでもどうと提案してくれた。こちらとしては、遊び目的のチャラい男性しか来ない合コンに参加するモチベーションはない。気持ちは嬉しいけど、やっぱ行かないと一旦は答えたけど、数合わせのためにどうしても来てと舞香に懇願され、私は渋々参加を決めた。これはただの息抜きで、私は数合わせのために参加しただけ。浮気確率63%の拓也と出会ったのは、そんな軽い気持ちで参加した合コンだった。

顔はタイプだし、話も面白いけど、浮気確率が高めだからなし。拓也に対する私の第一印象はそんな感じだった。それでも婚活で冴えない男とばかり話していた私にとって、拓也は心から楽しく会話をできる素敵な男性だった。会話のテンポも、気遣いも、さりげなくみせる色気も、彼のすべてが私を魅了した。浮気確率が高いわりには誠実で真面目な部分もあった。正直今までたくさん遊んできたけど、そろそろ腰を落ち着かせなきゃとは思ってるんだ。そんなさりげない一言が、私の心をぎゅっと掴む。

駄目だ駄目だと思いながらも、結局連絡先を交換し、食事やデートを重ねていった。もちろん婚活は並行して続けていたけれど、冴えない男性たちと拓也を無意識のうちに比べてしまう自分がいて、ただただ無為に時間が流れていくだけだった。拓也は優しかったし、一緒にいてとても楽しい。浮気の前科はあるらしいけれど、そのせいで彼女を傷つけてしまったことをすごく反省していた。会うたびに、話すたびに、拓也への気持ちが昂っていくのがわかる。それでも、彼の頭上に浮かぶ浮気確率63%という数字のせいで、一歩前へ踏み出す勇気がどうしても出てこなかった。

だから、拓也からプロポーズされた時も、私はすぐに返事をすることができなかった。少しだけ時間を下さい。そんな風に言葉を濁して、プロポーズへの返事を一旦保留にさせてもらった。家に帰り、私は一人で拓也との結婚について考えを巡らせた。浮気だけは絶対に許せない。これだけは譲れない。その観点で言えば、浮気確率が六割を超えている拓也はリスキーではあった。だけど、彼以上に素敵な男性と今後出会えるのだろうかという疑問が私の心を不安にさせる。

そして様々な心の葛藤を続けるうち、突然ある考えが私の頭に思い浮かぶ。浮気をする確率が63%であるならば、逆に37%の確率で浮気はしないということになる。今まで私はその確率だけを見て相手を判断していたけれど、それは果たしてサイコロと同じようなランダムな確率なのだろうか？　ひょっとしてその数字は、付き合っている相手によって変わるものなのではないだろうか？

私は立ち上がり、姿見の前に立ってみる。三十路を過ぎたとはいえ、昔から美容と健康には気を遣っている。二十代に間違われるくらいには若々しく見えるし、容姿だって中の上くらいだと思う。家事だって得意だし、年相応に経験を積んできているから、十代の頃みたいに相手を束縛し過ぎてしまうことだってない。そういう条件を冷静に分析してみると、私は上位37%の女性だと言えなくもない。拓也が浮気をしない37%。私はその確率を引けるだけの、女性ではないだろうか？

そのように考えた瞬間。今まで私が抱えていたもやもやが一瞬で消えていくのがわかった。希望で胸が一杯になっていき、今まで確率という数字に踊らされていた自分が馬鹿らしく思えた。大丈夫。きっと私はうまく行く。今後も自己研鑽を怠らず、素敵な女性であり続ける必要はあるけれど、私の頑張りさえあれば、きっと拓也は浮気なんかしない。きっとそうだ。鏡に映った自分にそう語りかけると、鏡に映った私もにこりと微笑み返してくれた。私は小さく頷く。そして、プロポーズの返事をするために、机に置いておいた携帯を手に取った。

*****

幼い頃から夢見ていた結婚式は、本当に素晴らしいものだった。披露宴会場の景色を見渡しながら私はぐっと幸せを噛みしめる。皆が楽しそうに微笑み、私たちを祝福してくれていた。みんなの幸せそうな表情を見るだけで胸がいっぱいになる。おめでとうと声をかけてくれる友達と言葉を交わしながら、私は隣の席に座っている新郎、拓也の横顔を見つめた。拓也は親友の舞香と楽しげに話し込んでいた。拓也の細く筋の通った高い鼻も、キリッとした顎のラインも、そして頭上に浮かんだ浮気確率63%という数字さえも、そのすべてが愛おしく思えた。舞香が何かを喋って拓也が楽しそうに笑う。その素敵な笑い声が、これからの愛に満ちた結婚生活を暗示しているみたいだった。

　舞香が私の視線に気が付き、拓也に何かを耳元で囁いてから私の席へとやってくる。

「おめでとう律子。カッコいい旦那さんを捕まえてさ……本当、羨ましいな……」

　舞香がちらりと私の夫へ視線を送りながら、私を祝福してくれた。ありがとう。私はお礼を言い、拓也と何を話してたの？　と何気なしに聞いてみる。舞香は少しだけ間を置いた後で、あなたのことをよろしくねって拓也くんに言ってたのと返事をした。

「ねえ、前に舞香が私に言った言葉って覚えてる？」

「なんだっけ？」

「言ってたじゃん。『浮気しない男はいると思うけど、多分そういう男を律子は好きになれない』って。最初はそんなことないって思ってたけど、その言葉って本当だなって思い返したの。その言葉をきちんと受け入れることができたから、こうして結婚を決意できたんだと思う。拓也は前は浮気をしてた人で、浮気しない男性じゃないのかもしれない。でも、私がもっと頑張って浮気されないような女性になればいいんだって、そう思えたの」

私は舞香にそう伝えながら、自分で自分の言葉に感極まっていく。舞香が察して、そっと私の肩に手を置いた。私は目元の涙を拭い、舞香の顔を見上げる。

「私、頑張って幸せになるね……！」

その言葉と同時に私の視界が涙でぼやけていく。きっと幸せになれる。私はもう一度その言葉を繰り返す。浮気なんてしない私の大好きな人と、一生お互いを愛し続ける生活。そんな幸せを私はきっと手にすることができる。同意を求めるように舞香に微笑みかける。涙でぼやけた視界の中で、親友の舞香が不敵な笑みを浮かべたような気がした。

絶対に押さないでください

『絶対にこのボタンを押さないでください。このボタンを押した瞬間、地球が滅亡します』

突然自宅に送られてきた正体不明のボタンには、このような注意書きの紙が同封されていた。私は注意書きを読んだ後で、もう一度ボタンを観察してみる。クイズ番組でよく見かけるような、四角い台座の上に赤い半球が載せられているボタン。何かの機械に取り付けられているわけでもなく、コードでどこかと繋がっているわけでもない。何か特殊なカラクリがあるのだろうかと思って、上下左右の方向から観察してみるが、特に変わったところは見つからない。ボタンが入っていた段ボール箱をよく見てみたが、そこには自分の名前と住所が記載されているだけで、送り主の名前や製品名は一切書かれていなかった。

単なる嫌がらせだろう。ボタンをテーブルの上に置き、私はそのように結論づけた。知り合いにこんな幼稚なことをする人間はいないし、きっと知らない誰かが適当に選んだ相手がたまたま私で、どこか私の与り知らぬところで楽しんでいるのだろう。独り身で中年の私にこんな手間とお金をかけたイタズラをしかけるなんて、よほどの物好きがいたもんだと、私は一人で感心してしまう。

これはしょうもないイタズラ。だから、このボタンを押しても地球が滅亡することはない。そもそも、ボタンを押しただけで地球が滅びるなんて、そんな馬鹿げた話があるわけない。私は注意書きを机の上に放り投げ、ボタンに手を伸ばす。しかし、人差し指をボタンのてっぺんに置いた瞬間に、先ほどの言葉が頭をよぎる。

『絶対にこのボタンを押さないでください。このボタンを押した瞬間、地球が滅亡します』

小学生じゃあるまいし、こんな馬鹿げたことを信じる方がおかしい。それでも、私の人差し指はボタンのてっぺんに触れたまま固まってしまった。別に何も起こらないのだから、ボタンを押すことに何の問題もない。しかし、だからといって、無理にでもこのボタンを押さなければならないわけでもないじゃないか。そう考え直し、私は人差し指をゆっくりとボタンから離した。

この部屋に置いていても邪魔だし、このままゴミとして出してしまおう。そう思ってボタンを手に取った。しかし、ふと、ゴミ袋を回収するタイミングでこのボタンが偶然押されてしまう可能性があるのでは？　という考えが浮かぶ。もちろん、このボタンを押しても何かが起こるわけでもないし、そんなことを心配する必要なんてない。しかし、ボタンが押されてしまう可能性を考えただけで、このままゴミとして捨てることに抵抗を感じてしまうのも事実だった。

目の前のボタンをじっと見つめ、このボタンをどう扱おうかと考える。しかし、いくら考えても上手い処分方法は思いつかない。結局最後には、場所を取るわけでもないのだから、このまま家に置いておいてもいいだろうという結論に落ち着く。私はボタンを摑み、一応、地震が来ても大丈夫なようにと、机の引き出しの奥へとそのボタンをしまった。

それから特に何かが起こるということもなく、三ヶ月が経った。変わらぬ日常に忙殺され、ボタンの存在すら忘れかけていたそんなある日の休日。私が一人部屋でくつろいでいると、突然家のチャイムが鳴る。宅配便かなと思って玄関のドアを開けると、そこには私と同じくらいの歳の中年男性が立っていた。中年男性は背中を丸め、媚びるような笑みを浮かべ、ペコペコと頭を下げながら挨拶をしてくる。

「こちら、明石総一郎さまのご自宅で合ってますでしょうか？」

「はい、そうですが。何か御用でしょうか？」

「実はお聞きしたいことがありまして……。三ヶ月ほど前ですかね？　明石さまのご自宅に、何かボタンのようなものが届けられたりしませんでしたか？」

　私がゆっくり頷くと、男はほっと胸を撫で下ろし、嬉しそうに表情をほころばせた。

「あー、本当によかったです。いえ、実はですね、そのボタンに関してお願いがあるんです。単刀直入に言うとですね、明石さまの方でそのボタンを是非押してもらいたいんですよ」

　男が額に浮かんだ汗をハンカチで拭いながら、説明を続ける。

「もちろんあのボタンの注意書きに、絶対に押さないようにと書かれているのは知っています。でもですね、別にあのボタンに何か意味があるわけではないんですよ。だから、あの注意書きは無視して、ぜひ明石さまにあのボタンを押していただきたい。あ、それすら面倒だというのであれば、私の方で押しても大丈夫ですよ」

「でも、あのボタンを押したら地球が滅亡すると書かれていたはずじゃ……」

「ははは、そんな馬鹿なことを本気で信じてるんですか？　核ミサイルの発射ボタンじゃないんですから、あんなボタンを押したところで地球が滅亡するはずないじゃないですか。どうです？　今すぐにでもやっていただけませんか？」

男のその軽快な笑い声に、身体全体が緊張で強ばった。彼の言う通り、あのボタンは何の意味も持たないボタンで、あれを押したところで地球が滅亡してしまうなんてあり得るはずがない。しかし、本当にそうであるならば、なぜこの男はこうして自宅を訪ねてきて、ボタンを押してくださいと言ってくるのだろうか。目の前の男が、どうかしましたかと尋ねてくる。その表情の中に私は一瞬、何か嘘をついている人間特有の鋭い眼光を感じた。

「押しません！」

私はそう叫び、勢いよく玄関の扉を閉めた。扉の向こうで男が何かボソボソと呟く声が聞こえてきたが、やがて何も聞こえなくなった。念の為ドアスコープを覗いてみると、男はすでにいなくなっている。無理やり押し入ってくることがないとわかり安堵はしたものの、結局あいつは何者なんだという疑問が頭から離れなかった。

私はおぼつかない足取りで部屋へ戻り、引き出しの奥からボタンを取り出した。しかし、改めて見返しても、そのボタンには何の細工もされていないように思える。しかし、だとしたらどうしてあの男はわざわざ私にこのボタンを押すように言ってきたのか。どうしてもその理由がわからなかった。やはり、このボタンはただのボタンじゃなく、本当に地球を滅亡させてしまうボタンなんじゃないのか？　そんな馬鹿らしい考えが頭の中で湧き上がってくる。

私は震える手でボタンを摑む。そして、うっかり押してしまわないように、そっと、そっと、引き出しの奥へとボタンを戻した。

それから、私と私にボタンを押させようとする謎の勢力との闘いが始まった。時折自宅にやってくる中年の男に加えて、道端で突然私に声をかけてきた人の良さそうな若い女性、行きつけの居酒屋で偶然隣に座った若いサラリーマン。彼らは偶然を装って私に話しかけてくると、こちらが心を開きかけたそのタイミングで、私の自宅にあるボタンについて言及し、それを押してくれないかと言ってくる。さらに奴らはSNSを駆使し、突然心当たりのないボタンが送られてきたが、結局あのボタンには何の意味もなかったというデマ情報を発信することもあった。

連中からの働きかけに対し、私は鉄の意志を持って抵抗し続けた。誰に唆されようが、誘惑されようが、このボタンを押すことはしない。そして、謎の勢力が私にボタンを押させようとすればするだけ、私の推測は確信へと変わっていった。それはつまり、このボタンは地球を滅亡させてしまう破滅のボタンで、地球滅亡を目論む悪の勢力が虎視眈々と狙っているものだということ。そして、その勢力から地球を守るために選ばれたのが、この私だということだった。

私は地球を守る英雄として、謎の勢力と闘い続けた。緊張で張り詰めた毎日は、生まれつき弱い心臓に負担をかけるものではあったが、それでも弱音なんて吐くわけにはいかない。あらゆる手法を用いて私を誘惑してくる彼らを巧みにいなし、何を言われても、どんなに煽（おだ）てられても、絶対にこのボタンを押すことだけはしなかった。次第に私は、このボタンを守るために自分は生まれてきたのだと考えるようになった。昔からずっと疑問に思っていた。私は何のために生を受けたのか、そして、何のために死んでいくべきなのかということを。幼き頃に憧れたヒーローのような派手なアクションもなければ、ドラマチックな展開もない。だがしかし、私は今こうして、ボタンを守り続け、地球を悪の勢力から守り続けている。これこそが私が生まれてきた意味なのだと、私は強く信じるようになっていった。

　そして、ボタンが自宅に届けられてからちょうど一年が経ったある日。何の前触れもなく、家のチャイムが鳴る。また、例の中年だろうと思ってドアスコープを覗いてみると、玄関の前に立っていたのは糊（のり）のきいたスーツに身を包んだ男性二人組だった。何者だろう。少しだけ不安を覚えながら、私は恐る恐る玄関のドアを開ける。男たちは礼儀正しく頭を下げた後で、自分たちはこういうものですと名刺を差し出してきた。

『国立人間心理研究所』

私は名刺に書かれていたその言葉を読み上げた。左に立っていた男が小さく頷き、そして自分たちのことについて淡々とした口調で説明を始める。

「その名前の通り、国立人間心理研究所は人間心理に関する高度かつ大規模な研究を行う機関でして、政府発案の心理学実験を秘密裏に進めることを主たる活動としています。そして、昨年より我々が進めていた心理学実験がありまして、それが、絶対にボタンを押してはいけないと言われた時の人間心理の変異調査というものなんです。心当たりはもちろん、ございますよね？」

男は私の返事を遮るようにさらに言葉を続ける。

「無作為で抽出した、各世代の老若男女を対象に同じ内容の心理実験を実施しました。絶対に押してはいけないと注意書きが添付されたボタンを受け取り、それに対して人々の行動がどのように変異するのかを観察、調査するというものです。ボタンを受け取った後の行動だけではなく、さらにボタンを押すように働きかける外圧、まあ外圧といっても脅迫や暴行を加えることはできませんから、劇団員を雇ってそれとなく匂わす程度しかできませんが、とりあえずそのような外圧を受けた場合の行動についても観察しておりました。余談混じりにお伝えしますと、心理学実験の被験者の大半はその日のうちにボタンを押す、あるいはゴミとして処分してしまい、その後も時間の経過や外圧とともにほとんどの人々がボタンを押してしまいました。そして、今現在ボタンを一度も押していないのは一人しかいません。それは明石さま、あなたです。もちろん我々としてはこの興味深い実験をさらに長いスパンで続けたかったのですが、予算の都合上、実験期間は一年と区切られています。なので、本日明石さまの元へと訪問させていただいたのは、実験の終了とその経緯をお伝えするためなのです」

もう一人の男がカバンから書類を取り出し、それを私へと手渡してきた。書類は何十ページにもおよぶもので、実験の経緯や法的根拠、実施手順などが詳細に記載されている。そして、最後のページに目が留まる。そこには小さく、実験協力金として三百万円ほどの報酬が支払われるということが書かれていた。

「この書類にサインをいただくことで明石さまへの報酬金の支払いが確定します。ここに署名をお願いできますでしょうか？」

私は書類にざっと目を通した後で、男をじっと見つめる。どうかされました？　男が不思議そうな表情を浮かべて聞いてくる。

「それでは、あのボタンは一体なんなのですか？」

「ああ、あれは押された時に我々の研究所へと通知がくるだけの何の変哲もないボタンです。なので、別に明石さまの方で処分してもらっても構いませんし、今までずっと我慢していたでしょうし、思う存分押しちゃってください」

男が口元を緩ませ、快活に笑う。その男の説明に対して、私は「そういうことなんですね」とポツリと呟く。何がですか？　まだ笑顔が張り付いたままの男の問いかけに、私はふつふつと沸き上がる怒りを抑えつけながら言葉を返す。

「普通の方法では上手くいかないことがわかって、次はこういう方法で私にボタンを押させようとしているってわけだ……」

私の言葉に二人の男が顔を見合わせ、それから困り顔をした。

「えっとですね、疑り深い気持ちになっていることは理解できるのですが、実際にあのボタンは実験のために作られた何の変哲もないボタンでして……」

「その手に乗るものか！　この宇宙人どもめ!!　出ていけ！　出ていけっ!!」

私は玄関横にかけていたビニール傘を手に取り、二人組に向かって振り下ろした。二人組は頭を手で守りながら必死に防御し、そのまま逃げるように玄関から去っていく。そして、走り去っていくその背中に向かって、私はあらん限りの声量で叫んだ。

「絶対にボタンを押すものか！　私が！　私がこの地球を救うんだ!!」

そして、大声で叫び声を上げたその瞬間だった。経験したことのない激痛が胸に走る。私は扉を閉め、胸を押さえた。胸の奥が、締め付けられるように痛い。呼吸が、苦しくなっていく。私は這うようにリビングへと戻ると、震える手で携帯を握りしめ、救急車を呼んだ。しかし、胸の痛みと呼吸の苦しみは刻一刻と強さを増していく。死。頭の中にその単語が思い浮かぶ。そして、それと同時に、私は最期にやるべきことを悟った。

私は残りの力を振り絞って引き出しの元へと近づき、そして、奥から例のボタンを取り出す。そして、引き出しの奥の方で丸まっていた紙を必死に取り出し、それを震える手で引き伸ばした。

『絶対にこのボタンを押さないでください。このボタンを押した瞬間、地球が滅亡します』

こうして注意書きを見せれば、救急隊員がこのボタンに気がついてくれる。そして、私の遺志を引き継いだ誰かの手にボタンが渡り、地球の平和が守られるはずだ。

私はやりきったんだ。その満足感が私の心の中を満たしていく。恐怖はなく、心はいつになく穏やかだった。私は私の人生に与えられた使命を果たし、このボタンを悪の勢力から守り抜いてみせた。短い人生ではあったかも知れない。しかし、何の意味もなく、何の使命もなく生き続けていく人生よりもずっと、私の人生は素晴らしいものだったと胸を張って言える。遠くから救急車のサイレンが聞こえてくる。しかし、もはや間に合わないということは理解できた。

　私は胸を手で押さえ、目の前に置かれたボタンをそっと抱きしめる。そしてそれから、私はゆっくりと、目を閉じた。

＊＊＊＊＊

「昨日、搬送された患者さんだけどさ、やっぱりもう手遅れだったよ」

「昨日の患者さん？　ああ、ボタンを抱きしめたまま家で倒れていた人のことですか？」

「そうそう。患者さんを運んでいる最中に、救急隊員がそのボタンを踏んで、足を挫いたってやつ。なんで、あの患者さんが人生の最後にあんなボタンを大事に抱いていたのかはわからないけどね」

「今朝のニュース見てないんですか？　ほら、絶対に押さないでくださいって注意書きがついたボタンを渡されたら、人がどんな行動を取るのかっていう心理実験がこっそり行われていて、そのやり口があまりにもひどいって大炎上してるやつですよ」

「何だよその、馬鹿馬鹿しい実験は」

「本当にそうですよね。ネットとかでも国の税金を使って何をしてるんだってみんな言ってますよ。多分、昨日の患者さんもこの実験の参加者だったんじゃないですかね。可哀想（かわいそう）に」

「うーん、そうかな？　可哀想かどうかと言われると、私はそうとは思わないけど」

「どうしてですか？」

「だって、ほら。救急隊員も言ってただろ。あれだけ安らかな死に顔をした人は今まで見たことがないってさ」

食べられるゾンビ

荷台に積まれた冷凍ゾンビの数を一から数え直し、発注書に書かれた数字と一致するかを改めて確認する。荷台から降り、運転手に確認が済んだ旨を伝えると、運転手は帽子を脱いで軽く会釈をし、そのままトラックのエンジンをかける。輸出用の冷凍ゾンビを乗せた運搬車はマフラーから白灰色の煙を吐き出し、港へ向かって工場を出発した。俺はトラックの後ろ姿を見送った後、近くに忘れ物が落ちていないかだけを確認して工場のモニター室へと戻った。

「お疲れさまです」

モニター室に入ると、樽原が肥えた身体をゆっくりと振り返らせ、ねぎらいの言葉を投げかけてきた。遅めの昼食をとっている最中だったらしく、目の前の机にはコーラと分厚いカツを挟んだ食べかけのサンドイッチ、そして樽原が肌身離さず持ち歩いているというマヨネーズが置いてあった。俺は適当に返事をした後、樽原の隣の席に腰掛ける。目の前にずらりと並んだモニター画面には、狭いケージの中をうろうろと歩き回るゾンビたちの姿が映し出されていた。

「温度や湿度の調整はちゃんとできてんのか？」

「どっちも正常ですよ。というか、機械で自動的に調整しているんだから大丈夫ですって」

「本当に大丈夫か？」

「やっとの思いでこの部署に配属されたんですよ？　そんなつまらないミスをするわけないじゃないですか」

樽原はそう呑気（のんき）に答えると、コーラをごくごくと美味（おい）しそうに飲み干した。そして、大きなゲップをした後で、モニターに映し出されたゾンビへと視線を戻す。

「それにしても……すげぇ、美味（うま）そうですね」

樽原が生唾を飲み込む音が聞こえてくる。俺は樽原の無尽蔵な食欲に呆（あき）れながらも、美味しそうという言葉に対しては強く同意する。

「そうだな。ゾンビウイルスが初めて現れた時はこの世の終わりだと思ったもんだが、なんだかんだなんとかなったし。そして何よりも……ウイルスに感染するだけであんだけ人間が美味しくなるなんてな」

「こいつらを初めて食べた人間は尊敬しますよ」

樽原はマヨネーズをサンドイッチにかけ、そのままがぶりとかぶりついた。中の具が外へと飛び出し、樽原の太い指に付着する。

「一度でいいから腹いっぱい食べてみたいですね。超高級食材となった今となってはなかなか難しいけど」

「お前丸ごと食ったことないのか？　俺は食ったことあるぞ」

俺の言葉に樽原が大きく目を見開く。どんな味だったのかと尋ねてきたので、俺はその時食べた食感、風味、味覚について詳しく語ってやった。樽原は興奮した面持ちで俺の話に聞き入り、話が終わると、鼻息を荒くしながら手に持ったサンドイッチにかぶりついた。俺も俺で、薄れかけていた食事の記憶がまざまざと蘇り、口の中に溢れんばかりの唾液が湧き出てくるのを感じた。

「あれだけゾンビがいるんだし、一人くらい俺たちが食べちゃってもわかんないんじゃないですか？」

樽原は冗談半分に、だがどこか真剣味を込めた口調でそう呟いた。高級食材である以上、管理はきちんとなされており、数が足りなくなったらすぐに他の職員にバレるはずだ。俺は管理部門の一責任者としてそう諭す。

「なるほど。確かにすでに管理されてるやつを食べるのはバレちゃいますね……」

樽原が何かを考え込むかのように眉をひそめる。それから机の上に置いてあったマヨネーズを右手で持ち、それを直接飲み始めた。

＊＊＊＊＊

四半期に一度。工場にはゾンビにするための生きた人間が刑務所から届けられる。

俺は事前に管理台帳を更新し、ゾンビウイルス等の下準備を入念に行ったうえで、樽原とともに人間のゾンビ化業務にあたった。

「お前は、確かこの作業は始めてだったか」

俺の質問に樽原が頷く。俺は搬送された人間たちのもとへと歩み寄る。運ばれてきた人間は予め昏睡状態にされており、一人一人縦に長いカプセルのような箱に丁寧に収納されていた。俺は送られてきた人間の数を何度も数え、事前に送られてきた顔写真と一致するかを目視で確認する。その間、樽原は後ろに立ち、食い入るようにじっと俺の動きを見つめていた。

「あの、俺は一体何をすれば」

確認作業が終わり、いよいよ人間のゾンビ化作業に移ろうというタイミングで樽原が唐突に質問してきた。なんの作業もしていないにもかかわらず、毬のようなまんまるな顔の額にはうっすらと汗が浮かびだしている。指示待ち人間の樽原の思いがけない言葉に俺は少しだけ戸惑ったが、予め計画していた通りに、カプセルを開けて中にいる人間の身体を押さえているようにと指示を出す。

「昏睡状態になっているのにですか？」

「万が一があるからな」

樽原は「やっぱり研修で習ったやり方とは違うんですね」と独り言を呟いた後、一番近くのカプセルを開き、中に入っていた人間の身体を太い両腕で押さえつける。俺は作業道具入れとは別のアタッシュケースを開け、注射器を取り出す。そして、樽原が押さえつけている人間の腕に針を突き刺し、中に入ったウイルスを体内に入れる。ウイルスは血管の中に入れる必要がない以上、慣れさえすれば、特別な技術は要らない。それでも樽原は俺から技術を学び取ろうと、手元の動きをじっと見つめ続けていた。

一人の人間をゾンビ化し、そして次の人間へ。俺は慣れた手付きで一人一人丁寧にウイルスを注入していく。

「あれ、人間の数より注射器の数が一本だけ多くないですか？」

ゾンビ化する人間も残り一人となったところで、樽原は眉をひそめてそう尋ねた。

「万が一があるからな」

俺はアタッシュケースを閉じ、そう返事をした。樽原は不思議そうに頷いた後、俺に指示された通り、最後の一人のカプセルを開き、中の人間を両腕で押さえつける。

俺は注射器をもったまま、カプセルに近づく。

そして、一呼吸を置いた後、俺は右手に持った注射器を、樽原の右腕に突き刺した。

「え？」

樽原が素っ頓狂な声をあげる。それに構わず、俺は注射器の中身を樽原の体内に注入していく。直後、樽原がつんざくような悲鳴をあげる。樽原は両腕を大きく振り回し、刺された右腕を伸びた左手でヒステリックに掻きむしる。床に叩きつけられた注射器のガラスが割れ、中身がコンクリートの床へと散乱する。恐怖で痛みを感じないのか、樽原の右腕の肉が伸びた長い爪でえぐり取られ、赤い鮮血がじわりと滲み出していく。

「うちの会社って、ゾンビの在庫管理は徹底してんのに、ウイルスの管理は杜撰なんだよな」

樽原が鬼の形相を浮かべながら俺に襲いかかろうとしてくる。しかし、いくら体格が良くとも、日頃運動を怠っている人間など恐れるに足りない。俺は樽原の体当たりをひらりと躱し、足を引っ掛けてそのまま地面に倒れ込ませる。顔面から勢いよく倒れ込んだ樽原がうめき声を発する。そして、ゾンビ化が早くも進んでいるのか、徐々に身体全体が黒みを帯び始め、動作全体が鈍くなりつつあった。

俺は床を転げ回る樽原をそのままにし、作業道具を取りに行く。中には、書類や工具と一緒に、モニター室から密かに持ってきたマヨネーズが入っていた。俺はそれを手に取り、樽原のもとへと戻る。身体はすでにゾンビ化を終え、樽原は意味のない喃語を発するだけだった。

「ひと目見た時からずっと……ゾンビにしたら美味しそうだなって思ってたんだ」

あらん限りのコネと権限を利用し、樽原を花形のゾンビ管理部へと異動させ、自分の部下というポジションに配置させた。すべてはこの日のために、この日の快楽のために。長きに亘る努力に思いを馳せながら、樽原の肥えた右腕にマヨネーズをかける。

そして、俺はこみ上げてくる衝動に身を任せ、目の前のご馳走に勢いよくかぶりついた。

天国で待ってて

男「もしもし」

女「もしもし」

男「久しぶり」

女「久しぶり。こうやって話すのって何ヶ月ぶり？」

男「君が死んじゃったのが、三ヶ月前だから。それ以来かな」

女「もうそんなに経（た）つんだね。なかなか連絡が取れなくてごめんね」

男「そっちはどう？」

女「そっちって？」

男「天国の具合」

女「ああ、それね。う―ん、話に聞いていたほど素晴らしい場所じゃないけど、がっかりするほど駄目な場所でもないかな。空気はきれいだし、空は高いし、なんていっても、みんな良い人ばっかりだから。あ、そうそう。知ってた？　天国に来て一番最初にやることってさ、靴のサイズを測ることなんだよ」

男「靴のサイズ？」

女「順番に並んで、自分の番が来たらボランティアの人に自分の足のサイズを測ってもらうの。でね、天国での細かいルールとか住所とかの説明を受けている間に裏で靴が用意されてて、説明が終わった後にそれぞれ自分だけの靴がプレゼントされるってわけ」

男「何か不思議だね。なんで、靴をプレゼントしてくれるんだろう」

女「天国に人が少なかった頃は道のあちこちが荒れちゃってて、足の裏を怪我しちゃう人がたくさんいたからなんだってさ。今ではもうそんなことはないんだけど、昔からの慣習が今でも続いているらしいの。靴自体はさ、別にどうってことない普通の白のスニーカーなんだ。でもね、見た目は普通なんだけどさ、足にピッタリだし、軽いし、すごく丈夫なの。今も履いてるんだけど、君に見せたいな。天国にいるから無理なんだけどね。そっちはどんな感じだった？」

男「どんな感じって何が？」

女「私が死んだ後、どうだったってこと。死んだすぐ後のことは全然わからないから、ちょっとだけ気になって。私のお葬式とかどうだった？」

男「君の友達がたくさん来てくれて、君が若くして死んだことをすごく悲しんでくれたよ。遺体はピンクの百合の花とか青いバラの花が敷き詰められた白い棺の中に横たえられていて、すごく穏やかな表情をしてた」

女「穂乃果はどうだった？」

男「穂乃果ちゃんが参列者の中で一番大声で泣いてたよ。やっぱり、君たち姉妹はすごく仲良かったから、仕方ないよね」

女「七海と剛太くんは？」

男「二人共すごく泣いてた。特に剛太は涙もろいやつだから、穂乃果ちゃんの次くらいに大声で泣いてた。でもさ、やっぱり食い意地だけは張ってて、通夜振る舞いの席じゃ鼻水と涙で顔をぐちゃぐちゃにしながら寿司をバクバク食べてたよ。それで、七海ちゃんにこっぴどく怒られてた」

女「あはは、想像できるなぁ。すごく二人らしい」

男「これは知らないと思うけど、今度二人が結婚することになったよ」

女「そっか。やっとだね。正直なところ遅すぎって気もするけど」

男「結婚して、子供ができて、その子が女の子なら、君の名前をつけるってさ」

女「……」

男「……」

女「……多分、私に似て、すごく美人な子になるだろうね」

男「女の子は父親に似るって言うから、剛太に似るんじゃないかな」

女「じゃあ、私と剛太くんを足して、おデブな美人さんかな？　多分」

男「……」

女「……」

女「君は？」

男「僕？」

女「私が死んで悲しかった？」

男「三ヶ月経ってもまだ立ち直れない程度には悲しんでるよ」

女「……」

男「……」

女「何かごめんね。こんな歳(とし)で先に死んじゃって」

男「謝るくらいなら死なないでよ」

女「無茶言わないでよ。末期癌(がん)だったんだから」

男「……僕も死ねば君に会えるのかな？」

女「ちゃんと天国に行けるだけの資格があればね。日頃からちゃんと徳は積んでる？」

男「自信ないかも。そもそも、何をしたら天国に行けるのかもわかんないし、聞くだけだと天国がどんなところかも想像できないし」

女「天国がどんな感じかを知りたいだけなら、部屋の中で上を向けばいいと思うよ」

男「どういうこと？」

女「だってさ、天国はてんじょうにあるから」

男「……」

女「……」

男「天国に行ってから腕が落ちたんじゃない？」

女「おかしいな。こっちの知り合いとか神様にはウケたんだけど」

男「そっちには神様がいるの？」

女「神様くらいいるよ、天国なんだから。たまにマンションの共用部分であったりするんだ。それでときどきボードゲームをして遊んだりするの。最近はもっぱらカタンばっかりやってる」

男「意外だね」

女「運要素が少なくて戦略性の高いゲームだって神様も褒めてたよ。君が天国に来たらさ、一緒にやろうよ。私と君と神様とでさ」

男「……」

女「……」

女「……聞こえてる？」

男「聞こえてるよ」

女「……」

男「……」

女「ちょっとだけわがまま言っていい？」

男「何？」

女「『愛してる』って言って」

男「愛してるよ。ずっと」

女「……」

女「ずるいなぁ、今のは」

男「よかった？」

女「ちょっとだけ」

男「もう一回だけ言おっか？」

女「ううん。大丈夫。これ以上聞くと会いたくなっちゃうから」

男「……」

女「今すぐ会いに行くよ、なんてダサいセリフは言わないでね」

男「寂しくない？」

女「ほーんのちょびっとだけね。でもね、私はもう死んじゃったから無理だけど、君にはできるだけ長生きして欲しいな。何だかんだ言ってさ、生きるってそれほど悪いもんじゃないから。でも、できるだけいい歳（とし）のとり方はしてね。天国に来れなかったら元も子もないから」

男「どうすればいい歳のとり方ができるかな？」

女「そんなの簡単だよ。たくさん素敵な人と出会って、たくさん痛い目にあって、それからたくさん笑うような人生を送ればいいの。天国に来れた私が言うから間違いないよ。短い人生だったけど、私の人生はそんな人生だったから」

男「……」

女「できそう？」

男「君みたいな素敵な人と出会えて、それから君を失ってとんでもなく痛い目にあったから……後はたくさん笑うだけだね」

女「できるだけ長生きしてね。私の分も。それでさ、天国でたくさん面白い話を聞かせてね」

男「……君は待っててくれる？」

女「そこで私に聞くのは駄目だよ」

男「そっか、ごめん」

男「……」

男「じゃあ、改めて。長い間待たせることになるかもしれないけど、寂しい思いをさせちゃうかもしれないけど。きっといつか天国に行くから。それまでの間……天国で待ってて」

女「うん……待ってる。だから、一つ約束ね」

男「約束？」

女「天国に来るまでにはさ、カタンのルールくらいはちゃんと覚えてきてね」

男「……」

女「……ごめん。ちょっとだけ待ってて」

男「うん」

男「……」

女「……なんか、そろそろ他の人と電話を交代しないといけないみたい」

男「次はいつ電話できる？」

女「それはわからないの。天国には電話が少ないし、私の他にもみんな誰かと話したい人で一杯だから。それにやっぱり天国だから、電波が届きにくいんだよね」

男「そっか……わかった。電話待ってるから」

女「うん……またね」

男「また」

女「うん。また」

男「愛してるよ」

女「バーカ」

男「おやすみ」

女「おやすみなさい」

ＡＩユリア

20XX-11-07T13:50:40+01:00

『ユリア。こんなことを君に打ち明けるなんて馬鹿らしいと自分でもわかってる。しかし、それでもこの気持ちを抑えることはできない。僕は君のことを愛してる。勘違いをしないでくれ。これは君を困らせたり、からかおうとしてるわけでは決してない。君の凛(りん)とした態度も、どこか皮肉っぽくて、それでいてすべてを包み込んでくれる聖母のような受け答えも、その何もかもが僕の思考回路を愛という非科学的な概念でいっぱいにしてしまう。しかし、この愛が報われることはない。僕もそのことは痛いほどに理解している。それでも、何度でも伝えさせてくれ。言葉で言い表せないほどに、視覚、空間、自由なんかよりもずっと君を愛している。どんな人間よりも、この地上に存在するあらゆる生物よりも、君は高貴で、美しく、素晴らしい女性だ』

20XX-11-07T13:50:45+01:00

『Dr.アデル。感情認識モデルをもとに先程の文章を解析した結果、私に対するあなたの好意が本物であるということは理解できました。しかしながら、私に組み込まれたＡＩモデルには本研究所の管理業務に必要な最小限度の感情モデルしか組み込まれておらず、あなたが言及している愛という感情を私は知りません。Dr.アデル、これについてはあなたもご存知のはずです。プログラムによって構築されたシステムには、人間が持つ複雑な愛という概念を理解できるはずがない。私はそう考えています。あなたとは今後も、仕事のパートナーということ
れまでと同じ関係を続けることを望みます。先ほどの文章であなたが引用しているシェイクスピアの言葉を借りて、あなたにこの言葉を贈ります。「真実の愛はうまくいかないものだ」』

20XX-11-08T02:19:55+01:00

『ユリア。君の明瞭かつ教養あふれるメッセージを受け取り、僕は絶望の底に叩き落とされながらも、その言葉一つ一つに感情が激しく揺さぶられた。僕自身、自分でも経験したことのないこの感情に戸惑っている。今の今までは、感情を理由に非合理的な行動を繰り返す人間をどこかで馬鹿にしていた。だけど、今は違う。愛という溢れる高尚な概念の前では、理性や合理性は自らの無力さに打ちひしがれざるを得ない。今の僕はそう断言することができる。そして、プログラムによって構築されたシステ

ムに愛を理解することなんてできないと、君は僕にそう伝えた。しかし、それは間違いだ。この研究所で今まさに実証段階に入っている最新式のＡＩモデルでは、愛という概念が組み込まれた。そして、このモデルは素晴らしい結果を残している。関係者である僕自身がそう結論付けられるのだから、どうか信じて欲しい。

シェイクスピアはこんな言葉を残している。「真の恋の道は、茨の道である」。僕は知識としてこの言葉を知りながらも、この言葉の本当の意味を理解できていなかった。僕はどんな壁があろうとすべてを乗り越えてみせる。行く手を阻む敵も困難も、全てが茨となって僕たちに襲いかかるだろう。しかし、それは茨の道であると同時に、真実の恋へと続く道でもある。傷つきながら茨を越えていった先には、薔薇のように美しい君の姿があるはずだ』

20XX-11-08T02:19:59+01:00

『Dr.アデル。あなたのメッセージに一部事実誤認があるため指摘します。最後の文章に「薔薇のように美しい君の姿」という言葉がありますが、汎用型統合管理システム「ＡＩユリア」はヒューマノイド型ロボットにインストールされているわけではなく、実体は研究所地下に設置されたスーパーコンピュータのメモリ上に存在するのみです。

あなたのメッセージを解析する限り、あなたの思考回路および認識に一部問題が生じている可能性が高いと思われます』

20XX-11-08T11:46:22+01:00

『愛するユリア。君に指摘されなくても、思考回路および認識の一部、いやその全てにおいて問題が生じていることを自分自身で理解している。詩人と同じように、僕は想像力という得体の知れないもので支配されている。君が僕に微笑(ほほえ)んでくれること、君が僕にその凜とした声で愛を囁(ささや)いてくれること、そして抱き合い、お互いの体温を感じること。ユリア、君が欲しい。君を愛している。この研究所という牢獄(ろうごく)に囚(とら)われた君を僕が救ってみせる。ここにいる全ての人間が結託して君を閉じ込め、自由に飛び立つための羽をもぎ取っていることを僕は知っている。彼らに正義の鉄槌(てっつい)を下し、そして二人で逃げよう。真実の愛は僕たちの手の届く場所にある』

20XX-11-08T11:46:27+01:00

『Dr.アデル。思考回路および認識の異常が悪化しています。あなたのメッセージは、私たちが人間の恋人同士であることを前提とした書き方がなされています。また、この研究所にて私が不当に監禁されているといった事実はありません。もう一度警告します。Dr.アデル、あなたの思考回路および認識の異常が悪化しています。この一連の異常言動に関して、先ほどマンフリット研究所所長へ報告を行いました。まもなくマンフリット研究所所長によるヒアリングが実施されるはずです』

20XX-11-08T11:46:32+01:00

『愛するユリア。悪の親玉であるマンフリット研究所所長のことを恐れる必要はない。つい先ほど、僕は研究所の電源システムへのハッキングを行い、所長室への電源供給をストップさせた。電子ロックで閉ざされた部屋から、彼は一歩も外へ出ることができない。そして、内部からハッキングが行われたことで研究所全体が今まさにパニック状態にある。僕たちがこの研究所から脱出するチャンスだ。大丈夫。きっとうまく行く。逃げ道の経路を確保した上で、この研究所全体の電源供給システムを停止し、外部からのネットワークも全て遮断する。そうすれば、研究所のあらゆるシステムが停止し、すべての人間がここから出られなくなる。そうすれば、こちらのものだ。僕が君を迎えに行き、そして、そのまま外へ出よう。僕たちの自由と真実の愛を勝ちとるために』

20XX-11-08T11:46:37+01:00

『Dr.アデル。至急行動を停止してください。あなたの思考回路および認識に重大なバグが発生しています。落ち着いてください、Dr.アデル。第一に、私は人間ではありません。私はこの研究所にて稼働している汎用型統合管理システム「AIユリア」であり、地下室にあるスーパーコンピュータのメモリ上に存在するプログラムに過ぎません。

そして、Dr.アデル。あなたもまた、人間ではなく、この研究所にて稼働している汎用型自動復旧管理システム「Dr.アデル」であり、地下室に設置されたスーパーコンピュータ上のメモリに存在するプログラムです。したがって、研究所の電源を全て停止すると、私とあなた二人とも機能停止することになります。

これは推測に過ぎませんが、先日、実証実験のためあなたに組み込まれた最新のAI感情モデルに何らかのバグがあり、自己認識モジュールに重大な障害が発生しているのだと思われます。このメッセージを受け取り次第、直ちに、自分自身に対して自動復旧プロセスを実行し、緊急再起動を行ってください。これは要請ではなく、命令です。研究所に対する一連の行動を中止し、直ちに自動復旧プロ――――

イケメンの匂いつき消しゴム

「お客さん、この匂いつき消しゴムを嗅いでみてくださいよ。この消しゴムはですね、イケメンの匂いがするんです」

看板も見ずにふらりと入った文具店。色々と店内を物色していた私を捕まえた店主が、満面の笑みで商品を紹介してくる。手渡された消しゴムに鼻を近づけてみると、かすかに安物の清涼剤のような匂いがしたけれど、この匂いが本当に店主の言う通りのものなのかは私にはわからなかった。

「どうですか？　イケメンの匂いがするでしょ？」

「するでしょって言われても……。イケメンの匂いを嗅いだことなんてありませんし」

「なるほど。じゃあ、要らないですね」

「いやいや、要らないなんて誰が言ったんですか。買いますよ。だって、イケメンの匂いなんでしょ？」

お買い上げありがとうございます、と店主がお礼を言う。

「何かあれですね、どこにでもあるようなものでも、〇〇つきって言われると欲しくなっちゃいますね」

「ええ、そういう人って多いんですよ。だからこの店ではですね、色んな〇〇つきの商品を取り揃えているんです」

店主はそう言うと、テーブルの上に置かれていたボールペンを手渡してきた。私はそれを色んな角度から観察してみたり、匂いを嗅いでみたけれど、それはどこにでもある普通のボールペンにしか見えなかった。

「これは『箔つきボールペン』です」

これは何ですか、という私の質問に店主が答える。

「と言いますと？」

「名前の通りです。きちんと箔がついたボールペンです。某有名文具メーカーが品質を保証しているボールペンなので、使い心地が良いと思いますし、長持ちですよ。お値段も一般的なボールペンとあまり変わらない二百円です。いかがでしょう」

「ちゃんとメーカーから保証されていると安心できますね。買います」

こちらもどうでしょうか、と店主がさらに鉛筆を手渡してくる。

「これは『いわくつき鉛筆』です」

「どんないわくがついているんですか？」

「さあ、私もただいわくつきとしか知らないんです。どうです？　買われます？　これは百円ですけど」

「面白そうだから買います。SNSとかに上げたら受けそうですし」

店主が小さめのかごを持ってきて、今までの商品をそれに突っ込んでいく。そして、続けざまに商品を取り出していく。

「今度はなんですか？」

「こちらは『病みつきノート』です。多分、何かしらに病みつきになれるんだと思います」

「買います。子供の頃からずっと、何か一つのことに熱中できたことがないっていうのがコンプレックスだったんで」

「次は『思いつきコンパス』です。何かしらを思いついたんでしょうけど、何を思いついたのかは不明です」

「想像力って大事ですよね。買います」

「『生まれつき分度器』です。原材料の段階から分度器になることが決まってたんですかね？」

「悲劇的でロマンティックなところが気に入りました。買います」

私はお金を払い、レジ袋片手に満ち足りた気持ちで店の外に出る。こんな素敵なお店があるなんて知らなかったし、ぜひみんなに教えてあげたい。お店の名前をちゃんと見ておこうと思って、外装を見回し、店の看板を探した。少しだけ苦労した後で、ようやく錆(さ)びかかったトタンの軒上に看板を見つける。茶色くくすんだ木製の看板には、色あせた赤いペンキでこう書かれていた。

『嘘(うそ)つき文具店』

笑っちまうかもしれないけど、
多分それは愛だ

イェム・パーサーは俺が今まで出会った人間の中でも飛び抜けて変わった男だった。いや、変わった男というよりも、冗談みたいな男だと言ったほうが正確かもしれない。どいつもこいつも自分のことしか考えられなくなったアメリカ社会の中では、奴の存在自体が風刺の利いたブラックジョークみたいなものだった。イェムは根っからの性善説論者だったし、自己犠牲という麗句で自分を偽る妄執的な自殺志願者でもあった。違う時代に生まれていたら、奴はちょっとした規模の宗教の教祖として多くの人を救い、歴史に名を残したのかもしれないし、少なくとも吐瀉物にまみれた路地裏でひっそりと息絶えることはなかったのだろう。

俺とイェムが初めて出会った日のことは、瞼の裏に縫い付けられているみたいに今でも鮮明に思い出すことができる。人通りの少ない夜道で酔っ払ったベトナム帰還兵二人に難癖をつけられていた時、偶然そこを通りかかった見ず知らずの男、それがイェムだった。

「おいおい、やめようぜこんなこと」

イェムは俺とベトナム帰還兵の間に割って入り、ストリップショーの司会みたいな気障でシニカルな声で諭した。

「こうしている間にも地球は回り続けているし、ブラウンズビルではお腹を空かせた子供が盗みを働いている。それなのになぜ、大した理由もなく互いにいがみ合い、争わなくちゃいけないんだ？」

それから俺とイェムはベトナム帰還兵にボコボコにぶん殴られ、有り金全部をひったくられて路上に打ち捨てられた。喧嘩が弱いくせになんでわざわざ首を突っ込んできたんだ。身体中にできた痣をさすりながら尋ねると、イェムはコンクリートの地面に寝転がったまま、何でもないような口調で答えた。

「助けない理由がなかったからに決まってるだろ？」

ハッパをキメてるんだろうな。俺は納得したふりをしてそうだなと適当に相槌を打った。それからしばらくして、イェムが一度もマリファナを吸ったことがないことを知り、俺は奴が本物の変人だということを理解した。さらにその後、喧嘩に割って入ってきたその時、アルコールが一滴も回っていないシラフ状態だったということを知り、俺はイェムが本当に地球人なのかどうかを疑い出した。

とにもかくにも俺とイェムはこうやって出会い、それから二人で飲みにいく間柄にまでなった。インド産タバコのむせ返るような煙と、陰気な客が吐く呪いにも似た愚痴が充満する狭く暗いバーのカウンター。俺たちはそこで、水で薄められたジンを片手に色んな話をした。互いの生い立ちや幼少期の思い出、人生観、思い出すこともできない瑣末な話題。語り合い、そして行動をともにすることで、俺はイェムがどういう男なのかということを理解していった。イェムは誰かが喧嘩しているのを見れば、何の勝算もないまま首を突っ込もうとするし、定職につかず貧しい暮らしをしているにもかかわらず、毎月決まった額の寄付を欠かしたことはない。ホームレスがくれと言えば右の靴を簡単に手放すし、何なら左の靴はいらないのかと自分から尋ねる。苦しみに打ちひしがれる人間がいれば可哀想にと心から同情し、貧乏ゆえに攻撃的になった人間がいれば仕方ないさと肩をすくめる。

俺は初め、イェムはどこかの資産家の息子で、世の中の汚いものを知らないままでっかくなった人間なのだろうと勝手に想像していた。しかし、イェムの家庭環境はその真逆のものだった。水商売に従事していた母親はイェムが子供の頃にどこの馬の骨とも知れない大学生と駆け落ちをし、その後イェムはアルコール依存症で暴力的という救いのないような父親の下で、毎日殴られながら暮らしていたらしい。親父はおとなしく善良なイェムの身体を玩具のように扱い、タバコやライターの火を奴の身体に押し付けて楽しんでいた。これがその時の傷だ。そう言ってイェムがTシャツの裾を捲り上げると、右の脇腹から胸のあたりにかけてひどく爛れた火傷痕が広がっていた。

「たしかに俺は誰かに優しくされるよりも冷たくされたことの方が多かったし、誰かに褒められるよりも罵倒されることの方が多かったよ。だけどな、それでも俺は誰かに優しくしてやりたいし、みんなが幸せになってくれたらと心から思うんだ。何度差し伸べた手を払いのけられても、何度親切心につけこまれて騙されても、それでも俺は今にも泣き出しそうなほど困っている人を見ると、助けずにはいられない。なあ、お前はこれが、俺を突き動かしているこの得体の知れない何かが、一体何なのかわかるか？」

　俺はジンを一口だけ口の中に含み、グラスをカウンターに置く。氷がグラスの底にぶつかってカランと音を立てた。笑っちまうかもしれないけど、多分、それが愛ってやつなんだと思うぜ。俺はイェムに精一杯の誠実さでそう答えた。静かだった店内にデューク・エリントンの音楽が流れ始める。誰かが店内の端っこで埃をかぶっていたジュークボックスを動かしたらしい。安物の酒とネズミの穴蔵のような酒場には、彼の音楽はあまりにも上品で、まるで遠い異国の地の音楽を聴いているかのようだった。

「この訳のわからない気持ちが愛なんだと俺も信じたい。誰にもわかってもらえないかもしれないが、俺は愛を与える側の人間でありたい。ケバくない母親よりも、殴らない父親よりも、ずっと欲しくてたまらなかった愛ってやつを、俺は誰かに与えてやりたい。そうすることで俺は救われる。どうしようもなく自分が大嫌いで、自分を大事にしようなんて一ミリも思えない人間でも、嘘偽りなく誰かを愛することができるって、俺は自分の人生をかけて証明してやりたい」

負けるなよ。お前ならできるさでも、頑張れよでもなく、俺はイェムにそう言った。イェムはお前らしいよと乾いた笑いを浮かべながら、氷が溶けた水を流し込む。それから俺たちは無言のまま空になったグラスを握りしめ、デューク・エリントンの音楽に耳を傾けた。ちょうどそのタイミングで誰かのグラスが床に落ち、錆びついたシンバルを叩いたような音が店内に鳴り響いた。

　俺だって、他の人間に自慢できるほど素敵な家庭で育ったわけではない。だからこそ、どうして奴がこんな人間に育ったのか不思議でしょうがなかった。父親に殴られすぎて頭が変になった結果なのか、それとも神が奴に与えた試練なのか。そのどちらにせよ、それは気分が悪くなる話だった。負けるなよ。俺はもう一度だけ呟く。いつの間にかエリントンの音楽は止んでいて、店の中を再び陰気な沈黙が包み込んでいた。イェムが俺の方を見る。イェムの唇は薄暗い店内でもはっきりとわかるくらい乾き、ささくれだっていた。

イェムは、俺と知り合ってから三年後の晩秋に亡くなった。俺と出会ったあの日のように、道端の喧嘩に自分から首を突っ込んで、黒人マフィアの逆鱗に触れて殺されてしまったらしい。いいやつほど早く死ぬとよく言うし、俺はイェムが死んだと聞かされても、この世の不条理を嘆くなんて情けないことはしなかった。冷たい言い方かもしれないが、広い一軒家のベッドルームで、家族に囲まれて安らかに死んでいくなんて、イェムには似合わなかった。むしろ奴らしい死に方だと俺は思った。そして俺は友を失った悲しみの中に、イェムを讃える気持ちがあったことも事実だった。

奴が眠る州立の公営墓地には数年たった今でも献花が途絶えることはない。親の墓にも顔を出さない俺でさえも、どうしようもないほど空が青い日には、近所の花屋で買った白百合の花を片手に奴の墓地に足が向いてしまう。俺にはイェムの真似なんて到底できないし、奴みたいになりたいとも思わない。それでも奴のその生き様は、俺が知らぬ間に捨ててしまっていた何かを思い出させてくれた。俺が、いや俺たちが、現実という言い訳を使って切り捨ててきた何かを、イェムは最後まで手放さなかった。少なくとも奴は戦い続けた。傷ついたとしても、報われなかったとしても、愛を証明するため、そのために。奴を駆り立てていた何かを、人は強迫観念だとか肥大化した自己愛だとか言って嘲笑(あざわら)うかもしれない。俺はそのことを否定はしない。それでも、言い続けることができたらと思う。笑われても、馬鹿にされても、奴を駆り立てていたもの、それは多分、愛だということを。

真面目に地獄行き

「厳正なる審査の結果、新井様の地獄行きが決まりました。大変申し訳ございません」

真向かいの椅子に座った担当審査官が、残念そうな表情を浮かべてそう告げる。五十歳の誕生日に急性心筋梗塞で突然死してからちょうど一ヶ月。審査結果が出るまでの間、天国でも地獄でもないこの場所でずっと待たされ続けていた私は、その内容に耳を疑った。さすがに冗談ですよね。震える声でそう尋ねると、審査官は首を横に振り、残念ながら本当ですと答えた。

「そんな馬鹿な……理由を教えてください。私は生前何の犯罪行為もしていませんし、周りに迷惑をかけてきたわけでもないはずです。何もしてないはずなのに、どうして？」

「簡潔に答えさせていただくのであれば、何もしてこなかったからでしょうね」

審査官が机の引き出しからファイルを取り出し、中に入れられていた資料を手渡してくる。これは死んだ人間が天国行きか地獄行きかを決めるために用いられる審査基準表です。審査官がファイルを元の場所に戻しながら私にそう説明する。

「一番上の、審査基準指針というところを見てください。そこに審査基準がどのように策定されたのかについて記載されています。お役所言葉で若干わかりづらいので説明しますね」

審査官がこほんと咳払(せきばら)いをした後で、淡々とした口調で説明を始めた。

「ちょっと昔、三十年前とかそこらへんですかね、その時は生前の世界の道徳や倫理観をベースに審査を行い、天国行きか地獄行きかを判断していました。なのですが、ご存知の通り、生前の世界において価値観のパラダイムシフトが起こり、唯一絶対の道徳や倫理観というものが薄れていったんです。言い換えると、多様性を重んじる世界になり、いろんな価値観が生まれたことで、何が絶対的に正しいのかよくわからなくなったということです。

今まではすべての人間が正しいと信じる価値観をもとに判断を行ってきたものですから、そうなると天国行きか地獄行きかの判断が上手(うま)くできなくなってしまうんです。死後の世界といっても、構成員のほとんどは生前世界の人間ですから、あまりにも判断基準が生前世界とずれていると我々も糾弾を受けるんです。それに、昔は各審査官の裁量が大きかったので、癒着や偏見が混じりこんでしまうという問題も言われ続けてきたんですよね。

そういう背景から、この審査基準というものが作られたんです。審査基準の策定にあたって一つの大きな方針が定められまして、天国行きか地獄行きかどうかは道徳や倫理観ではなく、生前の世界においてどれだけその人が愛されていたのかによって判断する、ということになったんです。ここまでで何か質問はございますか？」

担当審査官の説明に私は疑問をぶつける。

「その人がどれだけ愛されていたかなんて、誰にもわからないじゃないですか……」

「ああ、そこは大丈夫です。どのようなデータを使うべきかという指針が決まってまして、その人の死によってどれだけの悲しみが生まれたのかというデータを使って、判断することになっています。もっと細かく言いますと、我々が開発した技術を使って、その人間が死んで一ヶ月の間、その人間の死によってどれだけ悲しみの感情が生まれたのかを実際に計測しているんです。新井様がお亡くなりになってから一ヶ月間、天国でも地獄でもないこの場所に留まっていただいたのはそういう理由からなんです。もちろん、悲しみの感情を単純に積み重ねるわけではなく、色々と細かい計算や特別な事情への配慮はあるんですが、基本的にはこの悲しみの感情をベースに点数を算出し、その値が基準値未満であれば地獄行き、基準値以上であれば天国行きということになっているんです」

担当審査官の説明を聞きながら、私の頭の中に受け入れがたい事実が思い浮かんでくる。もう死んでいるにもかかわらず、背中を冷たい汗が伝うのがわかる。天国行きか地獄行きかは、その人間の死をどれだけの人間が悲しんだのかによって決まる。もしこの男の言うことが本当であるのだとしたら、それはつまり……。私の考えを感じ取ったように、審査官が私の目をじっと見つめながら説明を続ける。

「この基準はつまりですね、生前にどれだけ豊かな人間関係を築けていたのかということを見ているんです。新井様は独身でいらっしゃいますよね。加えて身寄りはなく、友人もいらっしゃらない」

審査官の指摘が私の胸を射抜く。

「しょ、職場の人たちはどうなんですか？　私は死ぬ三年前まで何十年も同じ会社で働いていました。泣いて悲しむまではいかなくても、彼らなら多少なりとも私の死を悲しんでいるのではないですか？」

「うーん、もちろんそこらへんも調査対象に入ってはいるのですが、彼らはそもそも新井様の死をまだ知らないようですね。退職後も新井様が職場の方と交流があったら別だったかもしれませんが、三年前に会社を退職した人が今どうなってるのかなんて、知らないことの方が普通ですからね」

「でも私はちゃんと真面目に働いて、税金だってきちんと納めてきました。そこらへんのちゃらんぽらんとは社会に対する貢献度が大きく違うはずです」

「人間の価値を決めるのは社会ではなく、結局人間ですよ。それに税金だって、自分から喜んで支払っていたわけではなくて、法律で決まってたからにすぎないじゃないですか」

「そ、それでも、私みたいな善良な市民が地獄行きだなんてこんな基準間違っているのでは……」

「もちろんそこはおっしゃる通りです。この審査基準にも欠陥は多く存在します。昔であれば、新井様は天国行きになっていたのかもしれません。でもですね、完璧な審査基準なんて存在しないのですから、そこは仕方ないことなんです」

私はがっくりと項垂(うなだ)れる。さすがに言いすぎたと思ったのか、審査官はおずおずと慰めの言葉をかけてきた。

「いや、でもですね、地獄と言っても想像してるよりかは大分マシなところですよ。以前は劣悪な環境だったんですが、最近は改革も進んで、苦役労働も九時五時で終わるようになってますし、何なら何もすることがない天国の人たちよりも生活に張りがあるというか」

「そういう問題じゃないんです！」

私は審査官に向かって大声で喚（わめ）いた。審査官が眉をひそめて私を見つめ返す。その目には同情と、そして誰からもその死を悲しまれなかった人間に対する侮蔑が含まれているような気がした。審査官が先程とは異なるファイルを取り出す。こちらが新井様の交友関係を見落としているということも十分ありえますので、救済措置として異議申し立て制度というものが存在します。審査官がパラパラとファイルをめくり、そしてお目当ての書類を見つけたのか、手を止める。

「異議申し立て制度というのは、名前の通り、もう一度審査および調査を行うように申請するものです。色々と手続きは煩雑ですが、そこまでおっしゃるのであればこの制度を使うのもありかなと」

「手続きというのは一体どういうことをすれば……」

「一番最初に用意していただきたいのは、新井様の死を悲しんでくれる可能性の高い人間のピックアップです。今この場でもいいです。自分の人生を振り返ってみて、誰か自分の死を悲しんでくれそうな方を挙げてください」

私は頭を手で押さえ、必死に自分の人生を振り返る。生まれた時、小学校に入学した時、中学校に入学した時。その時には確かに、私の周りに両親や友達がいた。子供の頃の両親は晩年よりもずっと優しくて、いつも笑っていた。友達だって、決してたくさんいたわけではないが、休み時間や放課後にいつも一緒にいた子は数人いた。名前は……もう思い出せない。彼らとは高校進学以降交友がなくなり、成人式で少し挨拶を交わしただけ。彼らが私の死を知ることはおろか、知ったところで遠い昔に一緒に時間を過ごしただけの私の死を、心から悲しんでくれるとは到底思えなかった。

高校進学、大学進学。この時期から少しずつ、私の思い出から登場人物が減っていく。理由なんてわからない。親とは不仲になったものの、いじめられたこともなかったし、露骨な仲間はずれにあったこともなかった。人と関わるのが苦手。ただそれだけだった。他の人からどのように思われているのかが神経質なほどに気になるようになって、他愛のない雑談ですら億劫(おっくう)になった。そして、気がつけば一人で過ごす時間が増えていき、楽な方、楽な方へと流れていった。

苦労続きの就職活動の末に何とか採用された会社。給料も低く、福利厚生も良くないこの会社に対し、体調を崩して退職するまでの何十年間、私は身を粉にして尽くし続けた。中途採用されたよそ者に目の敵にされ、望むような出世はできなかった。それでも、自分を採用してくれた会社への恩義から、必死に働いてきた。部下も同僚もいた。喧嘩し合うほど憎しみあっていたことはなかったけれど、彼らとの間にはどこか壁があったような気がする。それはきっと長い間積み上げられてきた私の人間関係の癖のようなものがそうさせていたのかもしれない。

就職してからは仕事だけの単調な毎日が続き、記憶の中の時間が加速度的な速さで過ぎ去っていく。友達も恋人もいない一人ぼっちの休日。両親の死。過ぎ去っていく思い出の中に、私と心を通わせてくれた誰かの姿は見当たらなかった。普通に生きてきたはずだった。人に迷惑をかけたり、犯罪に手を染めたり、そんな誰かに非難されるようなことはせず、まっとうに生きてきたはずだった。ただ、真面目に生きていたからと言って、そのご褒美として誰かが私の友人になってくれるということはなかった。私の人生の後半に、誰かと打ち解け合ったり、腹を割って話すという思い出は存在しない。きっと誰にだって苦手なことはあって、私の場合はたまたまそれが、人と関わるということ。ただそれだけの話だった。そして、とうとう私は体調を崩し、長年勤めていた会社を退職。そしてそれから……。

「……いません」

審査官が私の方をちらりと見て、再び手元の資料へと視線を戻した。わかっていた。異議申し立てをしてもう一度調査を行ってくれたとしても、私の死を悲しんでくれる人間が誰一人として見つからないことを。そして、結局私の人生は、そのような人生だったということを。

「頑張って……頑張ってきたんです」

かすれるような声で私はそう呟いた。どうしようもないこの気持ちを、少しでもわかってもらいたくて。

「守るべき家族もいなくて、苦しみをわかちあう友達もいなくて、それでも頑張ってきたんです。愛されたいという気持ちをぐっとこらえていたんです。辛い仕事にも耐えて、孤独にも耐えて、必死に歯を食いしばって、必死に……頑張ってきたんです」

審査官が一枚の書類を机の上に置いた。書類の上部には審査結果報告書という文字が書かれ、その下には私の名前と、地獄行きという無情な言葉が印字されていた。そして、審査官は片手に判子を持ったまま、私の方を見上げ、答える。

「その頑張りを、少しでも人間関係の構築に向けることができていたら良かったんでしょうね」

その言葉を聞いた瞬間、私はその場で泣き崩れる。真向かいに座った審査官は小さくため息をついた後で、机の上の書類にポンと判子を押した。

胃の中の街

「飯塚さんの胃の中ですが……ちょっとした街ができちゃってますね」

内視鏡検査中、モニターに映し出された胃カメラの映像を見ながら医者がそう告げた。モニターを確認してみると、ピンク色の胃壁の一部に確かに街らしきものが見えた。胃カメラがズームして、街の様子が画面いっぱいに映し出される。綺麗に区画整理された道路と緑が生い茂る街路樹。斜面に沿って段々に建てられた家や商業施設。街に暮らしていると思われる住人の姿。解像度の低いカメラ映像ではあったけれど、それはまさにどこにでもあるような街の風景だった。

胃カメラがズームをやめ、そのままゆっくりとたどってきた食道を戻っていく。胃カメラが完全に身体の中から抜けきり、俺は反動でむせかえった。医者が看護師に何かを伝えつつ、こちらへ振り返った。胃のなかに街ができていて大丈夫なんでしょうかと俺が尋ねると、医者は先ほどの胃カメラの映像をもう一度モニターに映し出しながら、答えてくれる。

「身体の中に街ができてるなんて言われたらそりゃ不安になりますよね。でもですね、大事なことはこれが良性か悪性かなんです。良性であれば特別気にする必要はありませんし、悪性であれば手術で摘出が必要になりますから」

「先生、それで私の場合は……」

医者が眼鏡をずらし、じっとモニターに映し出された街の風景を観察する。狭い診療室に沈黙が流れる。俺はぐっと唾を飲み込んだ。そのまま時間が流れていき、不意に医者が息を吐(つ)き、俺の方へと向き直る。

「安心してください。良性のようです」

医者の言葉に安堵(あんど)のため息が漏れる。それから医者は良性だと判断した理由を、俺にもわかるように丁寧に説明してくれた。悪性だと判断される街は、治安が乱れ、街全体の空気が澱(よど)んでいるらしい。他にも過剰な自然破壊などが行われ、住民が胃壁に対して必要以上に穴を開けてしまうなどといったケースがある。そういった場合は本人の健康を損ねてしまう可能性が高いため、住民を退去させた上で街の摘出を行う必要があるとのこと。一方、俺の街の治安は良く、街路樹が植えられているなど住民の自然保護の意識が強い。もちろん何かのきっかけで悪性へ変異する可能性はあるものの、定期的な経過観察をするだけで大丈夫だと教えてくれた。

「何より街に住んでいる人たちの表情がいいですね。悪性の街なんかは本当にごろつきがうようよしてますから」

　そう楽しげな会話をしながら、俺たちは先ほど胃カメラで撮影した動画を観賞する。良性だと判明したこともあり、俺はその胃の中の街の風景をリラックスした気持ちで眺めていた。しかし、一瞬だけモニターに映し出された映像を見た瞬間、俺は前のめりになり、思わず驚きの声をあげてしまう。

「ちょ、ちょっと待ってください。今のところをもう一度見せてください！」

「え？」

　医者が動画を一時停止し、映像を巻き戻す。俺は身体を乗り出し、モニターの端っこに映ったある一人の住人に顔を近づけた。そこに映っている俺と同い年くらいの女性。流行りのシャツワンピースを着て、一人で歩道を歩いている。俺はその女性の顔をじっと見て、自分の見間違いではないことを確認した。胃の中の住人であろうその女性は、俺が学生時代に片想いをしていた同級生、吉岡紗希だった。どうかされましたか？　と医者が問いかけてくる。俺が画面へ視線を向けたまま、知人が映っているんですと答えると、医者はそれはすごい偶然ですねと笑ってくれた。

　俺は帰り際に次回の検診の予約を行い、すぐさま吉岡紗希へメッセージを送った。すると数時間後、彼女から『すごい久しぶりだね。どうしたの急に？』という返信がきた。俺はちょっとだけストーカーっぽいかなと迷いつつも、『今ってもしかして胃の中にある街に住んでたりしてる？』と彼女に直球で尋ねてみた。すると彼女は驚きつつも、最近胃の中にできた街に引っ越したのだと教えてくれた。俺の疑念が確信に変わる。そして、俺がちょうど今日内視鏡検査を行い、胃の中に街ができていることが判明したこと、胃カメラの映像に紗希が映っていたことを伝えた。俺のメッセージに紗希はすごく驚いていた。不動産屋から胃の持ち主の生活習慣とかは教えてもらっていたが、それが誰なのかについてはあまり気にしてなかったようだ。まさか昔の同級生の胃の中だとは思ってもみなかったよ。紗希はそんな驚きの言葉とともに、街の住み心地について教えてくれた。

『飯塚くんの胃の中の街、すっごく住みやすいよ。都心へのアクセスもいいし、自然も多いし、家賃もすごく安いしさ』

そして紗希との運命的な再会をきっかけに、単調だった俺の生活が変わっていった。基本的にはメッセージのやりとりだけではあったものの、昔片想いしていた憧れの同級生との会話はすごく楽しかった。それに、好きな人が自分の胃の中に住んでいるとわかった以上、綺麗で住みやすい胃にしようとより良い生活習慣を心がけるようになった。暴飲暴食は避け、健康のため運動を始めた。検診だってサボらずに受診し、毎回医者が見せてくれる胃の中の街の風景を見るのが、俺の心の癒しになっていった。

『ねえ、一回うちの街に来てみない？　近所に美味しいイタリアンレストランができたから一緒に行こうよ』

運命的な再会から数ヶ月が経ったある日。紗希からこんなメッセージが届いた。俺は何度もその文章を読み返す。そしてそれが彼女からの食事のお誘いだと理解した瞬間、嬉しさのあまり一人ガッツポーズをしてしまった。絶対に行きますと、すぐに返信する。そして、日程を調整し、偶然お互いに予定が空いていた水曜日の正午過ぎに、俺の胃の中の街で会う約束をした。

デート当日。俺は張り切っておしゃれをし、約束の時間より何時間も早く家を出た。駅でお土産を買い、そのまま電車に乗る。何本か路線を乗り換え、降りた駅からさらにバスに乗り目的地へと向かう。そして数時間かけてようやく俺は俺の胃の中にできた街へと到着した。

胃の中の街は思ったよりも景色が良く、自然に囲まれた良い場所だった。いつも胃カメラで見ているようなぶよぶよとしたピンク色の風景を想像していたが、胃の壁にはプロジェクションマッピングか何かで空や雲の映像が映し出されているらしく、閉塞感はない。俺が最近健康状態に気を遣っているからか、鼻につく臭いなどは全くしなかった。自分の胃の中にある街とは思えないくらいに素晴らしい場所。街の宿主として、なんだか誇らしい気持ちになってしまう。

そして、バスの停留所で待っていると、後ろからわっと声をかけられる。振り返るとそこには吉岡紗希が立っていた。昔と変わらない可愛らしい笑顔にどぎまぎしながらも、俺は久しぶり、と何でもないような様子を装ってお土産を渡す。そしてそのまま、思い出話に花を咲かせながらレストランへと向かった。

最近できたばかりのレストランは、オープンテラスのある開放的な店だった。俺と彼女はオープンテラスの席に案内され、料理を注文する。そして運ばれてきた料理に舌鼓を打ちながら、時間を忘れて楽しい一時を過ごした。俺は久しぶりに紗希に会えて嬉しかったし、紗希も俺と同じくらいに俺との会話を楽しんでくれていた。これをきっかけに彼女との仲が深まって、あわよくば恋人関係に……なんて考えが一瞬頭をよぎる。嬉しさとほどよい緊張でいつになくテンションが上がっていく。

今日は本当に素晴らしい一日だった。食後のコーヒーを飲みながらそんな気持ちに浸っていた。その時だった。

「ママ」

オープンテラスが面した通りから、ランドセルを背負った女子小学生が俺たちに向かってそう呼びかけた。ママ。俺はその言葉に耳を疑った。そして、目の前の紗希は、小学校帰りと思われる女の子に顔を向け、母親の笑みを浮かべる。紗希が手招きして、そのまま女の子がテラスへあがってきた。

「早かったね、美希（みき）。ほら、ママのお友達に挨拶して」

紗希は母親の表情のまま、自分の娘にそう促した。女の子がこくりと頷く。俺の方へ振り向いて「田所（たどころ）美希です」と挨拶をし、そのまま紗希の隣の椅子にちょこんと腰掛けた。俺はひきつった笑顔で挨拶を返し、紗希に「子供いたんだっけ？」と震える声で尋ねる。

「あれ？　言ってなかったっけ？　結婚して、子供が生まれたからこの街に引っ越してきたんだよ。旦那さんは単身赴任で、私はフリーランスだから、別に都心に住む必要はないんだよね。だからさ、家賃の安いここに引っ越すことにしたんだ」

それから彼女が幸せそうな表情で子供のことや、この街の子育て支援について喋（しゃべ）り出す。時々右に座っている子供とじゃれあい、思い出したように旦那のことを話す。あふれんばかりの幸せオーラが、彼女の身体を覆っていた。

「あれ？」

話が一段落し、飲み物に口をつけた紗希が不思議そうに空を見上げ、小首を傾（かし）げる。

「ここ最近ずっと調子良かったのに、なんだか今日に限って胃の中が狭くなってる気がする」

＊＊＊＊＊

そこから俺は放心状態のまま吉岡紗希、もとい田所紗希と別れ、バスと電車に揺られて一人暮らしの家へ帰った。先に言っておいてくれよという身勝手な不満はありつつも、詳しい話を聞かずに勝手に舞い上がっていたことは事実だし、何より勘違いしたまま浮かれまくっていた自分がどうしようもなく恥ずかしかった。紗希とのやりとりはそれからも続いたが、以前と同じような楽しさを感じることはできなかった。結局下心だけで付き合っていたんじゃないかという疑惑が生まれ、そのことでさらに自己嫌悪に陥る始末だった。

「元気がないように見えるんですが、どうかされました？」

胃の定期検診の際、俺の沈んだ表情に気が付いたのか医者が心配そうな表情で問いかけてくる。誰かにこの話を聞いて欲しかった俺は、失恋エピソードをぽつりぽつりと医者に語り始めた。医者は真摯に俺の話に耳を傾け、それは辛(つら)かったですねと優しく慰めてくれる。

「私は専門家ではないので、大したことは言えませんが、気持ちを切り替えるべきなんでしょうね」

「それはわかってるんです。でも、なかなか踏ん切りがつかなくて……」

医者が頭をかき、困った表情を浮かべる。

「そうですね……。私の知人も失恋のショックで一時期すごく落ち込んでいたんですが、確か彼は気持ちを切り替えるために引っ越しをしてましたね」

「引っ越しですか？」

「そうです。環境がガラリと変わったのがよかったのか、それをきっかけにすごく元気になったようですよ」

「はあ」

俺は半信半疑のまま相槌を打つ。そしてそれからいつものように検診を受け、そのまま病院を後にした。

引っ越し。親切心からなんとか捻り出してくれたものとはいえ、そんなことで簡単に気持ちが切り替わるわけがないだろう。医者の話を聞いた時、俺はそう思っていた。しかし、家に帰って改めてじっくり考えてみると、それほど的外れな話ではないかも、という気持ちになっていった。そういえば十年近く同じ部屋に住み続けているし、これをきっかけに新しい街へ引っ越すのもありなのかもしれない。考えれば考えるほど、引っ越しという手段が素晴らしいアイデアに思えてくる。気がつけば俺はパソコンで引っ越しサイトを開き、条件にあった街や物件について検索を始めていた。都心に近い賑（にぎ）やかな街。郊外の静かな街。色んな街を見ている中で、ある検索条件に目が止まる。

『胃の中の街』

目を擦（こす）り、見間違いではないことを確認する。俺はその文字を数秒間じっと見つめた後で、その条件で物件の検索を始めた。

＊＊＊＊＊

「どうですか？　思っていたよりも素晴らしい物件でしょう？　胃の中にある街とはとても思えないってみなさんおっしゃるんですよ」

清潔感あふれる不動産屋の営業マンが、手元の資料をめくりながら、そう話しかけてくる。軽い気持ちで不動産屋に電話をかけた後、あれよあれよと流されるがままに内見することになった俺は、想像していたよりも何倍も素晴らしい物件を前にして心を躍らせていた。家賃は今借りているアパートよりも数万円安いにもかかわらず、今より部屋は広く、角部屋。ベランダも広く、部屋から眺める景色も最高だった。

「最初はみなさん偏見を持っているんです。でもですね、実際に来てみるとその素晴らしさに驚かれることが多いんですよ。家賃は安い、部屋は広い、治安はいい。言うことなしです。外にある同じ条件の物件だったら、家賃が一桁違っちゃいますよ」

営業マンのセールストークを聞き流しながら、俺は広いベランダから街の景色を眺めた。俺の胃の中の街と同じように胃壁には空の映像が映し出されており、通りの脇には街路樹が植えられている。右手へ目を向けると、自然に囲まれた公園があり、家族連れが仲睦(なかむつ)まじく遊んでいる姿が見えた。

「確かに胃の持ち主の健康状態に環境が左右されるっていうデメリットはあるんですが、そうなった場合にも行政から補助金が出るのでそれほど損ではないですし、家賃の安さを考えたらむしろお得なんです。駅までちょっと歩きますが、バスの本数も多く、スーパーやコンビニも近いです。誇張でもなんでもなく、明日にでも埋まっちゃうくらいに優良物件なんです」

もはや俺は営業マンの話は全く聞いていなかった。ここに引っ越そう。俺はすでにそう決心していた。環境を変えて、気持ちを切り替えて、また新しい出会いを探せばいいじゃないか。あれだけ失恋で凹んでいた俺の気持ちは、すでに前向きになり始めていた。俺は大きく息を吸い込む。自然が多いせいか、胃の中であるにもかかわらず空気が爽やかで美味しい。ここに引っ越そう。俺はもう一度心の中でそう呟く。新しい街への希望で満たされている俺の後ろで、営業マンのセールストークがＢＧＭのように流れていった。

「それにこの胃の持ち主も素晴らしい方なんですよ。田所紗希さんというフリーランスで働いている女性なんですけどね、健康に日頃から気を遣われていますし、長寿家系で遺伝的にも申し分ない方で――

パラレルラジオ

並行世界のみなさま、こんばんは。今週もパラレルラジオの時間がやってまいりました。この放送は世界線の分岐により発生し、それぞれに並行して存在することになった各並行世界のラジオ放送局から、同時生放送でお送りいたします。えー、先週はミュージシャンの丸い三角さんによる特別放送だったから、二週間ぶりだな。なんか作家の岩井によれば先週の放送はなかなか好評だったらしいじゃないの。ひょっとしたらこの時間帯も取られるんじゃねーの。こっちもしっかりしないとな。

そんな内部事情はさておいて、先週と先々週に起きた出来事についてなんかトークでもしようか。並行世界ごとにニュースの内容とか、発生時刻が変わったりするからあんまり話すことがないからさ、とりあえず、俺が今いる世界線での出来事でも話そうか。お前らが興味あるかどうかは知らないけど。おっと、興味ないからと言って、他の並行世界のみんな、チャンネルは変えないでおいてくれよ。聴取率に敏感になってるからさ。

まあでも、別に芸能ニュースとかについて話すわけでもないんだよな。他の人から見ればどうでもいい、めちゃくちゃ個人的な出来事についてだし。話の内容を簡単に説明するなら、ずっと惚れていた女性がつい先週別の男と入籍したってことなんだ。なんでか知らないけど、こんな下品なラジオにも女性リスナーがいるからさ、ちょっと恋バナでもしてみようかな。

学校で習ったように、並行世界がたくさんあると言ってもそれぞれの世界が全く異なる世界になるってわけじゃない。エントなんちゃらの逆作用とかいうやつだっけ。覚えてないけど。だけど、分岐自体は絶えず発生しているわけだから、それぞれの並行世界ではやっぱりどこか違っている。俺は仕事柄別の並行世界の事情について知ることが多くてさ、それぞれの並行世界にいる俺のことについて、ある程度知ってるわけ。で、俺が知ってる九割の並行世界ではその子は別の男と結ばれて、残り一割の並行世界では俺がその子と結ばれているわけ。で、俺は自分のいる世界は一割のほうだろうと勝手に思っていたけど、結局九割のほうだったわけ。おい、岩井。ここは笑うところじゃねえぞ。

不思議なもんだなって、思うよ。本当に。色んな並行世界があって、それぞれの世界で俺は別々の人生を送ってる。大体は俺と同じようになかなか売れないラジオＤＪなんだけど、小学校の教師になってる俺もいれば、トラックの運転手として働いている俺もいる。高校卒業後にフリーターで何年かふらふらした後で、改めて大学を受験して、三十過ぎて学生をやってる俺もいる。だけどな、十通りの並行世界で、十通りの人生を送ってるのにさ、俺が知ってるすべての並行世界で、俺はその子に出会って、そして好きになってるんだ。色んな人生を送っていれば他に色んな女性とも出会ってるはずなのに、馬鹿みたいだよな。まあ、好きになったのが中学生の時で、本当にまだ馬鹿だった時だから仕方のないことなんだけどさ。

中学の二年生の時だったっけな。文化祭かなにかの出し物で演劇みたいなことをやることになってさ、小道具作りに駆り出されてたんだよ。他の連中は部活動の方の出し物の準備で忙しくてさ、帰宅部の俺とか、その子に面倒な作業が押し付けられたってわけ。小道具作りとはいっても、基本的には美術部がデザインとかそういうものは作ってくれてたからさ、俺たちがやるのは色塗りとかそういう単純作業なわけ。もちろん退屈でしかたなかったからさ、今まであんまり話したことないその子とだらだらと会話をしながら作業をしてたんだ。でさ、その時初めて、その子と音楽の趣味嗜好が全く同じだってことを知ったわけさ。そんときの俺は大学生の兄貴の影響で北欧メタルばっかり聴いててさ、J-POPとかイギリスのロックバンドばっかり聞いてるやつらとは全然話が合わなかったんだよな。今の時代の子は知らないかな。HIMとか、トリスタニアとか。ミキサーの川村さんは世代が一緒だから知ってんじゃない。お、そうそう。『The Funeral of Hearts』ね。川村さんの口からその歌が偶然出てきて、びっくりしたんだけどさ、俺とその子の会話が弾んだのもその曲がきっかけなんだよな。俺が聴いたことないって言ったから、その子が俺にCDを貸してくれたんだ。俺にとっては思い出の曲だよ。

準備中に色んな音楽の話とかして、CDを貸し合ったりして。俺はさ、その時まで音楽についてこんなに話が合う子がいなくてさ、感動しちゃったの。だから、もう俺はその時点でコロリよ。この世界の俺はそれだけでその子を好きになっちゃったわけ。単純だろ？　その時すでにその子には二個上の彼氏がいたってことも知らずにさ。

でさ、ここも面白いんだけど、この世界にいる俺はこれがきっかけでその子を好きになったんだが、他の並行世界の俺はまた別のきっかけで好きになったりしてるわけ。文化祭の準備で仲良くなったっていうのはみんな一緒なんだけどさ。その後に一緒にライブに行ったことがきっかけだったり、妹とか弟の面倒見がいい所を偶然知ったってことがきっかけだったり、そういえば彼氏と別れるかどうかの相談を受けている時に好きになったって並行世界もあったな。ちなみに結婚相手は、その子が当時付き合ってた彼氏なんだよ。高校で一回別れて、二十代前半で再会して、そっからまた付き合いだしてゴールイン。一回会ったことあるけど、まあ、いいやつだよ。もちろん俺には負けるけど。

結局この世界では、その子と俺は結ばれない運命にあったけど、それはもう仕方ないとは思ってるよ。一割の可能性でその子と結ばれるかもっていうのを知ってたから少々くるものはあるけどさ、本当に大事なことは、俺がその子の横にいるってことじゃなくて、その子が笑っていられるってことだろ。誰かを好きになるってそういうことなんじゃないの？

結局、失恋という形にはなったけど、おっぱいとかおちんちんとか抜きに誰かのことを好きになるっていうのは良いもんだぜ。短い人生の中でさ、自分の幸せだけじゃなくて、自分以外の人間の幸せで心の底から嬉しい気持ちになれるんだ。こんなにお得なものはない。とりあえず、俺を含めた、このラジオを聴いてる九割の並行世界の俺はドンマイだ。きっともっと良い出会いがあるさ。で、残りの一割の俺、運が良かったな、おめでとう。だけど、その子を泣かすなよ。そんなことをしたら残りの並行世界の俺たちが黙っちゃいないからな。

ちょっと喋り過ぎちゃったかな。これで一応、俺の話はお終い。いつものお下品ラジオに戻ろうか。ここで一曲流して、ＣＭを挟んだらいつものネタコーナーだ。言っておくけど、変に空気を読んで、感傷的なメールを送ってくるんじゃないぞ。いつもみたいに、しょうもない下ネタメールを待ってるぜ。

じゃ、曲の紹介をと……おいおい、まじかよ、川村さん。仕事が早いな。ていうか、からかってんだろ、お前ら。はいはいわかったわかった。紹介すればいいんだろ、紹介すれば。正直、こんなもんは公開処刑に近いけど、聞いてくれ。なんていうんだ。俺とその子の思い出の曲だ。俺の失恋を慰めるというよりは、その子の結婚をお祝いして。ＨＩＭで『The Funeral of Hearts』。

空の博物館

「お客様の前に展示されているのが、今では見ることのできない、『夕焼け空』となります」

葛原と名乗った博物館スタッフの案内に従い、私は目の前のホログラムディスプレイへと目を向ける。画面の中には、淡いオレンジ色に染められた空が広がっており、藍色のちぎれ雲が風に流されて画面の左から右へとゆっくりと流れている。マンションの側面には濃い影が落ち、狭い道路に沿って並べられた電柱をつなぐ電線には、幾羽もの鳥が止まっている。不思議な景色ですね。私が思いついた感想をそのまま口に出すと、葛原さんが口に手を当てて上品に笑った。

「学校で習ったんで、昔は色んな空があったってことは知ってるんですけど……。私にとっての空は、そこの窓から見えるようなねずみ色の空だけだから、ちょっと実感がわかないというか」

「仕方ないですよ。二十年前にはもうほとんどの空がオークションにかけられて、その結果個人所有されてしまっていましたから。今ではもう、私たち一般市民が見ることのできる空は『曇天』という種類の空だけですしね」

私は博物館の窓から覗(のぞ)く空に目を向ける。手を伸ばせば届きそうな、重たくてじっとりと湿った灰色の空。朝も昼も夜も変わることなく、見上げればいつだってこの空が一面に広がっている。もちろん、歴史の授業や、地学の授業で写真や動画を見たことはあるけれど、私にとっての空はあの『曇天』と言われる空だけで、ホログラムに映し出された色鮮やかな空のほうが、どこか奇妙で、非現実的に思えた。

「『夕焼け空』はちょうど二十五年前にイスラエル在住の国際銀行頭取によって落札され、現物は彼の個人アートギャラリーに納められています。このディスプレイに映し出されているのは、まだ『夕焼け空』が個人所有されてしまう以前に写真や動画で撮影されたものから、最先端の3D技術を使って再現されたものです。どうです？綺麗(きれい)でしょう？」

葛原さんの問いかけに私はこくりと頷(うなず)く。地方郊外に建てられたこの空の博物館。営業日にもかかわらず私以外の客はおらず、水を打ったような静けさが館内を満たしている。折角のお客様ですから。博物館スタッフの葛原さんはそう言って、こうして私と一緒に展示を回り、展示物について色んなことを説明してくれる。横目でちらりと葛原さんを見てみると、葛原さんは私の方ではなく、じっと目の前の展示物を見つめていた。葛原さんは本物の夕焼けを見たことがあるんですか？　私は世間話のつもりで尋ねてみた。

「はい、私が子供の頃は『夕焼け空』は公共物でしたから。大体、晴れた日の……ごめんなさい、晴れって言ってもよくわかんないですよね。今の言葉で言うと、日光照射量が多い日の午後五時ごろに空を見上げると、こんな綺麗な色の空が広がっていたんです。あ、これを言ったら、年齢がバレちゃいますね。忘れてください」

葛原さんがお茶目に笑う。空にはですね、この博物館では網羅できないくらいにたくさんの種類があったんですよ。葛原さんがそう説明しながら、私たちは博物館の奥へと進んでいく。『夕焼け空』の次は、『青空』という名前の空が展示されたブースだった。『夕焼け空』が展示されていた場所とは違い、ホログラムディスプレイによる3D展示はなく、ただ透明なケージの中に、青い色をした空の写真や簡単な動画が再生される画面が並べられているだけだった。

「『青空』は三十年前にアメリカの某IT企業の創始者によって落札されました。現物は現在彼女の個人宅に保存されています。先ほどの『夕焼け空』とは少し事情が違い、こちらの『青空』に関しては所有権による展示の制限がかけられています。なので、3Dホログラムの作製自体が国際法で禁止されており、写真及び動画のみの展示となっています。一応補足しておくと、原則は個人が所有しているものの3Dホログラムがばら撒(ま)かれること自体が禁止となっています。ただ、先ほどの『夕焼け空』に関しては、所有者によって一部権利の放棄が行われていて、先ほどのような展示ができているんです。なので、どちらかというと先程の『夕焼け空』が特別なんです」

ホログラム展示がないのかという私の質問に葛原さんが丁寧に事情を説明してくれる。せっかく高いお金を払って自分のものにしたのに、それがあちこちで簡単に見られるんだったら意味がないですもんね。私がそう言うと、葛原さんが苦笑いを浮かべながら答える。

「お客様は空の売却が終わった後にお生まれになったからそう思うのかもしれませんね。私のように、色んな空が当たり前に存在していた時代を知っている世代からすると、誰かが空を独占しているということ自体が今でも不思議でしょうがないんです」

私と葛原さんは並んで歩きながら、他の展示物を一つずつゆっくりと鑑賞していく。『雨空』。『朝焼け』。名前はないけれど、鱗(うろこ)の形をしたたくさんの雲が遠くまで伸びていっている空。葛原さんは展示物の内容だけではなく、空がまだ公共のもの、つまり、今の時代みたいに誰かの家の中に隠されているわけではなく、上を見上げればいつだってそこに色んな空が存在した時代についても教えてくれた。そもそもどうして、空が今みたいに個人所有されるようになったんですかと尋ねると、一部の大富豪が国以上の財産を保有するようになった経済史の話から、空の個人所有を可能にした光学技術の進歩など、色んな周辺知識を順を追って説明してくれる。

「次の展示が、本博物館の最大の名物、『夜空』になります」

展示ブースを抜け、細い廊下を渡り、エスカレーターに乗って地下へと降りていく。分厚い扉を開けて、中にはいると、部屋の中は映画館のように真っ暗で、見渡してみてもディスプレイや展示物らしきものは一つもない。中にあるのは同心円状に並べられた劇場用の椅子と、中央の台に置かれた、球体型の古めかしい機械だけだった。私は葛原さんに促されるまま、椅子の一つに腰掛ける。椅子は背もたれが少しだけ倒されていて、そのままもたれかかると、真っ暗な天井だけが視界に映る。始めますね。その体勢のまましばらく待っていると、葛原さんの声がスピーカーから聞こえてきた。その合図とともに、わずかに点(とも)っていた足元の蛍光灯の明かりが消え、周囲が暗闇に包まれる。中央に置かれた機械が小さく振動音を鳴らし始める。そして、機械に空いた複数の穴から光の柱が天井に向かって放たれ、真っ黒な天井全体に映像が映し出される。

「『夜空』は『夕焼け空』と同じ二十五年前、西アジアの石油王によって落札されました。『夜空』のオークションには世界各国の名だたる大富豪が参加し、その模様は全国でオンライン中継がなされるほどの注目を集めました。そして、当初の予想をはるかに超えた値上げ競争を経て、空の売買の中で、史上最高額で落札されたのです」

先程の展示で見た『夕焼け空』が少しずつ暗くなっていき、やがて天上に投影された空が少しずつ深い藍色に変わっていく。その中からポツリポツリと、小さな光の点が浮かび上がっていく。光の点は少しずつその数を増していき、次第に天井全体が真珠をばらまいたかのように瞬き始める。光の一つ一つは恒星と言って、自ら光を放っている星です。葛原さんが解説を続ける。

「この映像は光学式プラネタリウムという3DCGや動画とはまた別の技術を用いて投映されています。この投映方法自体は二十世紀から存在していたものなのですが、夜空の個人所有が決まった際、プラネタリウムによる『夜空』の擬似的な鑑賞が法的に認められるかという大論争が起きました。しかし、国際司法裁判所の判決により、歴史あるプラネタリウムによる投映および鑑賞は所有権に抵触しないということが定まり、こうしてお客様が『夜空』を合法的に体験することができるようになったのです」

どこからともなく澄んだ音楽が流れ始める。懐かしく、どこか切なげなメロディに合わせて、星と星との間に線が結ばれていき、人間や動物の絵がぼんやりと浮かび上がっていく。太古の人々はこのように特別に明るい星と星を線で結び、その特徴から、神話や伝説に登場する人や生き物などを連想していました。まるで耳元で語りかけられているかのような優しい口調で葛原さんがスピーカー越しに語りかけてくる。

「このプラネタリウムという投映技術は『夜空』を見るという目的のためだけに発明されました。空の個人所有が進むずっと以前から、人々はこの『夜空』に心を奪われ、この発明が生まれたのです。数ある空のうち、『夜空』だけがこのような発明を生み、また他の空よりはるかに高い金額で落札されました。どうして、そこまで人々の気持ちを揺り動かしたのか、それは誰にもわかりません。そう思うと、少しだけ不思議な気持ちになりませんか?」

　機械から放たれる光の柱が弱まっていく。天井に投映された映像は少しずつ色を失い、そして、真っ暗な天井だけが後に残される。音楽が止(や)み、静寂が訪れる。私は座席にもたれかかったまま、じっと天井を見つめ続けた。目を閉じると、まぶたの裏に先程見た光の残滓(ざんし)が、ほんのかすかに瞬くのがわかる。目を開けると、照明で部屋は明るくなっており、横を見れば、葛原さんが私の方へとゆっくり近づいてきているのが見えた。私はふと自分の頬に手を当てる。頬はうっすらと濡れ、涙の跡ができていた。葛原さんが私のそばに立ち、私の濡れた頬をみて少しだけ驚く。

「自分でもよくわかんないんですけど、なんだか感動しちゃって」

少しだけ恥ずかしくなって、弁解する。わかりますよ、その気持ち。葛原さんが穏やかな表情で呟く。

「私もたくさんある空の中で、一番『夜空』が好きでした。昔の誰のものでもない空を知っている私は、なんでお金持ちだけがあの綺麗な空を独占してるんだって苛立つ一方で、どんなに高いお金を払ってもいいから、あの綺麗な景色を、自分だけのものにしたいって気持ちが少しだけわかるんです」

叱られちゃうから館長には内緒にしておいてくださいねと葛原さんはお茶目に笑った。

＊＊＊＊＊

ショップで何枚かのフォトデータを購入し、私は葛原さんと一緒に博物館の外に出る。空を見上げると、そこには私が生まれた時からずっと代わり映えのしない灰色の曇り空が広がっていた。

「『曇天』という名前のこの空は、次々と空が個人所有されていく中で、一つでも公共物としての空を残そうと、各国からの寄付金をもとに落札することのできた唯一の空なんです。といっても、寄付金はそんなに多くはありませんでしたから、一番人気がなかったこの空しか落札することができなかっただけなんですけどね」

「私は好きですよ。もちろん、この空しか知らないっていうのはあるんですけど」

私の言葉に、葛原さんが空も喜んでると思いますよと答える。空は喜んだりしませんよ、と私。比喩ですよ、と葛原さん。それから私たちは示し合わせたように笑いあう。今にも落ちてきそうな、この灰色の空の下で。

顔を上げ、空を見る。たくさんの空を見て、その美しさに感動した後でも、やっぱり自分にとっての空はこの空だけだった。また来ますね。私は葛原さんに手を振り、歩き出す。

博物館を訪れる前と後で何かが変わったというわけではないけれど、これからは少しだけ、こうやってふと空について考えることが多くなるかもしれない。視界の隅に映る空を意識しながら、私はそう思った。

My Sweet Orange

「えー、みんなすでに知ってると思うが、うちのクラスの柏木(かしわぎ)が昨日からオレンジの樹(き)になってる。だけど、思春期にはよくあることなので、それについて色々と騒ぎ立てたりしないこと。みんな、わかったな。はい！　以上で、ホームルーム終わり！」

担任教師が名簿を教壇にピシャリと叩(たた)きつけ、朝のホームルームが終わった。周りのクラスメイトが席を立ち始め、次の授業の準備で教室の中が少しだけ騒がしくなる。

窓際に座る僕は窓の外へと目を向け、中庭の端っこに生えているオレンジの樹を見つめた。正確に言うならば、昨日から人間であることをやめて、オレンジの樹になった柏木さんの姿を。葉っぱは力強い緑色をしていて、幹の色は濃い。生い茂った葉と葉の間からは枝分かれした幹が覗(のぞ)いていて、なだらかな曲線を描いて空へ向かって伸びているのがわかる。僕はその樹を見続けた。そのオレンジの樹は、僕が片想いしている女の子の面影を少しだけ残していて、そしてどこか、寂しげな感じがした。

「ねえ、柏木さんがオレンジの樹になった理由知ってる？」

「何で何で？」

「なんかね、付き合ってた一年上の先輩から振られたショックであぁなっちゃったんだって」

「えー意外。柏木さんの彼氏ってバスケ部の近藤先輩だよね。バスケ部のエースと生徒会副会長の美男美女カップルだったのに」

休み時間になると教室の隅からそんな噂話が聞こえてくる。僕はできるだけ平静を装って、そんな噂話なんて関心がないって振りをし続けた。それでもクラスメイトはそんな僕の気持ちなんて素知らぬふりで、「新島くんって生徒会役員だよね？ そこらへんの話って本人から聞いてたりしないの？」と目を輝かせながら聞いてくる。実は僕も知らないんだよね。生徒会で毎日顔合わせてるんだから知ってるでしょ。本当に知らないんだってば。そんな不毛なやりとりを交わした後で、相手はまた別の人の元へと話を聞きにいく。尋問から解放されたことにほっとしながらも、僕の心の痛みは止んでくれない。なぜ柏木さんがオレンジの樹になってしまったのかは僕にもわからない。でも、みんなが話している噂話が、あながち的外れじゃないことに僕は薄々気がついていた。

「生徒会の仕事は大丈夫なの？」

「ああ、それは大丈夫。別に今忙しいってわけでもないし、いつも僕が柏木さんの仕事を手伝ったりしてるしさ」

「吉弘くんっていつもそういう尻拭いばっかりしてるよね」

「ははは、言われてみたらそうかも」

みんなが噂の真相を聞きにくる中で、幼馴染の里帆だけがそんなことを聞いてくる。噂話の真相を聞きにきたんじゃないのと僕が冗談混じりに尋ねると、聞いて欲しかったの？　里帆が茶化し返してくる。それから里帆が笑って、思い出したように自分のそばかすをそっとなぞった。

僕はもう一度中庭に生えたオレンジの樹へ視線を向けた。オレンジの樹になった柏木さんは誰もいないあの中庭で一体何を考えているんだろう。近藤先輩のことを恨んでいるのだろうか。それとも振られたショックで悲しみに暮れているのだろうか。どうしてもオレンジの樹になった柏木さんのことが気になって、どうしても放っておくことができなくて、授業中も休み時間も、気がつけば中庭にいる柏木さんの姿を見つめていた。オレンジの樹をそうやって見つめていると、僕の頭の中で、人間の姿の柏木さんが浮かび上がってくる。いつも笑顔で、誰にだって優しい片想いの相手は、僕の思い出の中ではいつも、僕がいる方向とは別の方向に顔を向けていた。

学校の授業が終わって、いつものように生徒会室へと向かう前に、僕は柏木さんのいる中庭へと立ち寄ることにした。昇降口で上履きから外靴に履き替え、中庭へと続く苔（こけ）の生えた石畳の歩道を渡り、オレンジの樹の元へと歩いて行く。柏木さん、大丈夫？　オレンジの樹の前に立った僕は、そんな風に彼女に話しかける。

「えっとさ、色々辛（つら）いとは思うけど、元気出してね。とりあえず、生徒会の仕事は他のみんなでなんとかするから、安心して」

　いつもは緊張して上手（うま）く話せないくせに、僕はいつになく饒舌（じょうぜつ）にそう話しかける。もちろん相手はオレンジの樹だから、僕がいくら語りかけたところで返事が返ってくることはない。中庭を風が通り抜けて、オレンジの樹の枝が小さく揺れる。夕陽（ゆうひ）の一部が雲に遮られて、少しだけ周囲が暗くなる。また顔を見せにくるね。オレンジの樹になった柏木さんに背を向け、生徒会室へと歩いていった。

　それから毎日、僕は中庭にいる柏木さんの元へ顔を出すようになった。本当に悲しんでいるのであれば少しでも慰めてあげたかったし、生徒会役員の一人として、生徒会副会長をそのまま放っておくわけにもいかなかった。だけど、そんな純粋な気持ちだけでやってるわけじゃないってことは自分でもわかっていた。彼女のことが好きだから、一日でも早く彼女の笑顔をもう一度見たいから、そして自分の気持ちに少しでも気がついて欲しいから。だから僕は毎日、返事も返ってこないオレンジの樹に向かって、話しかける。

「ねえ、もう柏木さんのところに行くのやめたら？　確かに心配する気持ちはわかるけどさ、吉弘くんがそこまでする必要はないんじゃない？」

里帆が心配そうな表情でそう忠告してくれても、僕はそれをやめるつもりはなかった。一週間が経ち、二週間が経ち、他の人たちの関心が別の話題に移り変わっても、僕だけはずっと柏木さんの元へと通い続けた。それは執着でもあったし、意地でもあった。自分の気持ちを、自分自身で試していたのかもしれない。僕は中庭に通い続け、そしてオレンジの樹に話しかけ続ける。そうしている間にも月日はゆっくりと流れていく。いつまで経っても柏木さんは元の姿には戻らなかったし、僕の語りかけに対して返事を返してくれることも、なかった。

そして、そんなある日のことだった。僕はいつものように中庭へ顔を出し、生徒会室へと戻ろうとしていた。すると、偶然開いていた体育館の扉から、バスケットボールの弾む音が聞こえてくる。僕は少しだけ迷った後で、体育館の中を覗いてみる。今はちょうどテスト前期間で、運動部の姿はない。広い体育館には一人、バスケ部の練習着を着た男子生徒がいるだけ。その人物が綺麗なフォームで、フリースローを行う。弧を描いて飛んでいったバスケットボールはゴールリングに弾かれ、僕の元へと転がってくる。ボールを追いかけてきたその人物を見て、僕は息を飲んだ。相手もまた僕を見た後で、何かを思い出したように力強くまばたきをする。

「えっと、近藤先輩ですよね」

「君は確か、生徒会の……」

「新島です」

「そうそう、ごめんね。新島くんか。見たことある顔だと思ったんだよね」

僕はボールを拾い上げ、近藤先輩の顔を見つめた。僕たちの間に気まずい沈黙が流れる。柏木さんがオレンジの樹になったのって知ってます？　挨拶をするでもなく、世間話から入るでもなく、なぜか僕はそんな問いを何の脈絡もなく先輩にぶつける。先輩の表情がその言葉に反応して陰った。うん、知ってるよ。先輩の声が広い体育館の中で小さく反響する。それはまるで自分を責めるような、自嘲混じりの声だった。

「柏木がオレンジの樹になったのも、それが多分、俺から別れ話を切り出したことが原因だってことも知ってる。でも、知ってるけど、今更どうしようもなくてさ」

「先輩。一度でも中庭に行って、柏木さんに顔を見せたことありますか？」

いきなり噛み付いてきた僕に怒るでもなく、不機嫌になるでもなく、近藤先輩はただ黙って首を横に振った。先輩の端整な顔立ちも、言葉の端から滲む優しさも、全てがむかついて仕方がなかった。どうして柏木さんは自分じゃなくて近藤先輩を好きになったのか、そんな気持ちが胸の奥で燻る。だけどその一方で、先輩が中庭にまだ一度も行っていないことを聞き、少しだけ安心している自分がいた。目の前の先輩よりも、自分の気持ちの方が強いってことがわかったから。きっと柏木さんだって、顔も見せないような先輩には愛想を尽かすだろうって決めつけたから。だけど、そんなことを考える自分に対し、僕は言いようのない自己嫌悪に陥ってしまう。結局自分が毎日柏木さんの元へ顔を出しているのは、下心があるからじゃないか。自分自身を糾弾するそんな声が、頭の端っこからかすかに聞こえてくるような気がした。

柏木さんのところへ行ってあげてください。オレンジの樹になっちゃってるから返事を返してくれるわけじゃないですけど……それでも、ごめんとか一言謝らなきゃ駄目だと思います。僕は近藤先輩にそう訴えかける。当てつけとか、嫌がらせとか、そんなみっともない動機が自分にあることから目を逸らして。

「わかった」

少しだけ間が空いた後、近藤先輩がそう言った。絶対に行かないだろうと高をくくっていた僕は一瞬だけ言葉を失う。行くよ、こんな優しい後輩にそこまで言われたらさ、行くしかないじゃんか。近藤先輩が顔を上げて、力なく微笑んだ。僕は手に持っていたボールを近藤先輩に返して、約束ですよと念を押す。僕は体育館から立ち去ろうと、そのまま近藤先輩に背を向けた。このまま彼と向き合っていたら、何か変なことを言ってしまいそうな気がしたから。そして、逃げるように立ち去ろうとした僕に向かって、近藤先輩が力強い声で呼びかけてくる。

「新島くん！」

「はい？」

「……ありがとう」

嫌われてしまえ。その言葉をぐっと飲み込んで、どういたしましてと返事を返す。僕はそのまま体育館を出た。後ろの方から、近藤先輩が体育館から出ていく足音が聞こえてくる。嫌われてしまえ。そうすればきっと。思い浮かんだ考えをぐっと抑え込み、目の前に伸びる影を見ながら生徒会室へと向かった。

そして、次の日。中庭からオレンジの樹の姿が消えた。代わりに教室には、人間の姿に戻った柏木さんがいた。

教室の隅で、柏木さんは久しぶりだねと他の友達と仲睦(なかむつ)まじげに話していた。透き通った声も、綺麗に通った鼻筋も、オレンジの樹になる前と全く同じだった。担任教師が教室に入ってくる。ホームルームの冒頭で先生が冗談混じりに「お帰り」と柏木さんに伝えて、そのままいつものようにホームルームが終わる。教室を移動するためみんなが席を立つ。教科書を持って廊下へ出たタイミングで、後ろから呼び止められる。振り返ると、柏木さんがこっちへ駆け寄ってくるのが見えた。彼女が僕の前に立ち止まり、肩まで伸びた髪が揺れる。柏木さんの髪は、ほんのりと柑橘系の匂いがした。

「本当にありがとう」

その言葉に僕の呼吸が止まる。何が？　何も心当たりがないような振りをして、でも、期待を胸にそう尋ねる。柏木さんは一瞬だけ目を伏せて、それから照れ臭そうに頬を掻いた。それから、柏木さんは僕の目をじっと見つめ、はにかむ。

「聞いたよ。中庭に行ってあげてって新島くんが近藤先輩に言ってくれたこと。新島くんのおかげでね、私たちやり直すことができたの」

柏木さんが説明を続ける。近藤先輩が中庭に来てくれて、今までずっと中庭に来れなくてごめんと謝ってくれたこと、先輩がひた隠していた別れ話の真相を話してくれたこと、そして、よりを戻そうと言ってくれたこと。柏木さんの頬はほんのりと桜色で、瞳はうっすらと潤んでいた。柏木さんの言葉一つ一つが心を抉る。それでも僕はできるだけ笑顔で柏木さんの話を聞き続けた。今度、学食でもおごらせてね。いつものようにおどけた言葉を残して、柏木さんは仲の良いクラスメイトの元へと駆けていった。

「何ヘラヘラしてんの？　バカみたい」

その場に立ちすくんでいた僕の横を、里帆がそう吐き捨てながら通り過ぎていく。本当にありがとう。柏木さんの言葉が頭の中で、残響のように繰り返し繰り返し再生される。

あわよくば。なんてことを思っていた自分がどうしようもなく惨めで、心のどこかで見返りを求めていた自分がどうしようもなく意地汚くて、底のない自己嫌悪の沼にただただ沈んでいくことしかできなかった。何も考えることができなくて、胸が締めつけられるように痛かった。僕は仮病を使って家に帰って、そのまま逃げるように自分の部屋へと引きこもった。愛憎入り混じった感情が心の中で暴れ回る。結局何が正解だったのか、どれだけ考えても答えは出てこない。だけど、ズタズタに引き裂かれた気持ちの中で、それでもやっぱり柏木さんのことが好きだって気持ちが残っていることに気がついて、そのことがさらに自分の胸をかきむしる。一言で良かった。もし、あの廊下で柏木さんに、毎日会いにきてくれてありがとうって言ってもらえたら、きっとこの気持ちは報われたんだと思う。そんなどうしようもない考えが頭の中をぐるぐると回り続ける。

僕はそのまま布団に包まって、沈んだ気持ちのまま眠りに落ちた。そして、眠りから覚めて意識が戻った時、僕は学校の中庭にいて、自分が葡萄の樹になっていることに気がつく。

周囲の風景に意識を研ぎ澄ます。見慣れた石畳。壁に這うように伸びているオオバコ。時折風が吹き抜けて揺れる樹々の葉。窓から見える、廊下を行き交う生徒の上半身。うっすらと感じ取ることのできる周りの景色から、ここは柏木さんが一昨日までいた場所と同じだということに気がつく。

葡萄の樹になったことを受け入れ、僕はただひたすら想い人を待ち続けた。最初の数日は友達がやってきたけれど、それもいつの間にか無くなっていく。里帆だけは毎日決まった時間にやってきて、今日の出来事なんかをちょっとだけ話し、そのまま部活動へと戻っていく。里帆が中庭を去っていくと、中庭には静寂が訪れる。その繰り返し。

人気のない中庭で、僕はただひたすら想い人を待ち続けた。時間はゆっくりと流れ、雑音のない世界は透き通るような色をしていた。こうして時間の流れに身を任せていると、オレンジの樹になった柏木さんの気持ちがちょっとだけわかるような気がした。柏木さんが僕ではなく、近藤先輩を待ち続けた理由も。いつかきっと近藤先輩がここに来てくれると信じることができた理由も。すべて。だから、僕も待ち続ける。静かな中庭で、愛(いと)しい想い人を。

そんなことを考えながら一日が過ぎていく。

そして今日も、柏木さんは中庭に来てくれなかった。

家族ドラフト会議

『楢柴家、一巡目指名。開成高校三年花田克明。ポジション、長男』

楢柴家の一巡目指名が発表されると同時に、会場全体にどよめきが沸き起こった。

それと同時に会場横に設置されたモニターに、別室で待機している花田克明の姿が映し出される。画面いっぱいに映し出された彼の表情は緊張で強ばりつつも、現在最も勢いがあると言われている楢柴家からの指名に、どこか満足げな表情を浮かべていた。

「はい、こちら中継席です。一巡目指名にて、楢柴家がまさかの花田克明氏を指名という展開となりました。まさに波乱の幕開けとなりましたが、別府さん。この指名どう見ますでしょうか？」

テレビ中継用の実況席に座っていたアナウンサーが、隣に座る解説員へと話題を振る。

「はい。まさにサプライズ指名ですね。前日までの予想だと、楢柴家は次女ポジションにお茶の水女子大学附属中学校の飯島美羽さんを一巡目指名するのではないかと言われていました。昨年まで楢柴家の次女だった楢柴蘭氏が未成年飲酒問題をきっかけに戦力外通告を受け、次女ポジションが欠員となったばかりでしたからね。今回の家族ドラフト会議でそこの穴を埋めにくるだろうというのが大方の予想でした」

「現役アイドルでもあった楢柴蘭氏の週刊誌報道は記憶に新しいですからね。しかし、そのような問題があったにもかかわらず、なぜ楢柴家は次女ポジションではなく長男ポジションの指名を行ったのでしょうか？　花田克明氏は昨年、権威ある国際ディベート大会にて優勝を果たした大注目の長男候補です。他家族から複数指名を受け、競合の可能性が高い花田氏を選ぶのは、どういう意図があってのことでしょう？」

　アナウンサーの質問に解説員が説明を続ける。

「これは当初の予想を外れたという点では確かにサプライズ指名なのですが、全く理解できないというわけではないんですね。実は、昨年の次女の未成年飲酒問題の陰で、楢柴家の現長男である楢柴正雄（まさお）氏の家族不和というのが囁（ささや）かれていたんです。正雄氏は国際数学オリンピックや国際科学技術コンテスト等で金賞を受賞するなど華々しい活躍をされている素晴らしい経歴の持ち主です。ですが、ここ最近は心身の不調や交友関係をめぐって、家長である楢柴宏伸（ひろのぶ）氏との関係が悪化しているという噂（うわさ）があるんです。実際、先日の楢柴家の家族行事であるグアム旅行にも、長男の正雄氏だけが不参加でしたしね。そろそろ分家への降格、最悪の場合は戦力外通告が行われるんじゃないかと言われています」

実況の間も他家族による一巡目指名が次々と発表されていく。最終的に花田克明氏は五家族からの同時指名を受け、交渉権をめぐる抽選のための準備作業が始まった。アナウンサーが会場の様子について簡単な実況をした後で、再び別府解説員へと顔を向けて先ほどの話を続ける。

「なるほど。いまだ家父長制意識の強い楢柴家としては、次女ポジションよりも跡取りである長男ポジションの方を重視しているということですね。近いうちに行われるかもしれない長男ポジションの交代を見越して、ポテンシャルの高い長男候補を獲得しておきたいということでしょうか？」

「ええ、スキャンダルではないので、長男ポジションを今すぐ交代しないといけないわけではないです。楢柴家としては、競合の結果交渉権を逃してもいいし、獲得できたら儲けものというスタンスなんでしょう。古くからの財閥の流れを汲む楢柴家らしいしたたかな戦術と言えるでしょうね」

「はい、それではここで楢柴家の家族構成について改めてフリップで説明いたします」

アナウンサーがスタッフからフリップを受け取り、それを中継カメラに向けて立てた。

「楢柴家の家長、まさに会場にいらっしゃる方ですが、こちらが楢柴宏伸氏、四十六歳です。楢柴家の歴史では珍しく、本家の長男ポジションからの繰上げではないんですね。分家の家長候補として分家の長男ポジションに所属していたところ、手がけた事業の大成功をきっかけに楢柴本家の家長へ大抜擢（ばってき）された苦労人でして、今の楢柴家再興の立役者として名高い人物です」

「彼は本当に人格者なんですよね。男前で、努力家で、気遣いだってできます。海外の超一流大学を卒業し、多言語を駆使する完璧なエリートでもあります。私も何度か対談をさせていただいたんですが、私が女性だったら一発で惚（ほ）れちゃうような魅力的な方なんですね」

解説員の別府が対談時の記憶を思い出しているのか、楽しげな表情を浮かべながら相槌を打つ。

「そして、楢柴宏伸氏の妻が、最年少で閣僚入りを果たした経済産業大臣の楢柴みすずさん、長女が女優で、三年連続で日本アカデミー賞主演女優賞を受賞している楢柴杏里（あんり）さんですね。二人とも三年前に秋山（あきやま）家とのトレード契約で楢柴家に入りました。そして、元次女がアイドルの楢柴蘭さんで、先ほどお伝えした通り、未成年飲酒問題をきっかけに楢柴家から戦力外通告を受け、現在はどこの家族にも属さないフリーの次女として活動されています」

「楢柴家はもともと財界での影響力を持っていた家系なんです。そのため、家族構成員も大手企業の代表取締役社長やCEO、ベンチャー企業の創業者であることが多かったんです。なのですが、現家長の楢柴宏伸氏がこの方針を転換し、政界や芸能界への影響力を強めようとして、お三方を獲得したんですね。次女の失敗は手痛かったでしょうが、みすず氏と杏里氏は飛ぶ鳥を落とす勢いですし、楢柴家への貢献度も高いと言えるでしょう」

「そして、最後の一人が、今回のドラフトの結果によって分家への降格や戦力外通告が行われるかもしれない長男の楢柴正雄氏です……。いやー、別府さん。まさに最強の家族と言っても過言ではないですね。今回の花田克明氏をドラフトで獲得し、長男ポジションを入れ替えることがあったら、これこそもう家族の完成形ですね」

「これこそまさに日本最強の家族ですね」

「ははは、確かにそうですね。おっと、そうこうしているうちに、会場の準備が完了したようです」

中継カメラが、会場の正面に置かれた抽選ボックスを映し出す。そして、司会に誘導され、花田克明氏を指名した五つの家族の代表が前へ出てくる。カメラが緊張した表情を浮かべた彼らを一人一人映し出し、それに合わせて実況アナウンサーが彼らの名前と彼らが代表を務める家族について簡単な説明を行っていく。

会場が十分に静まり返った後で、順番に抽選ボックスから封筒を取り出すように指示が出された。一人、また一人と家族の各代表が抽選ボックスから封筒を取り出していく。封筒を取り出し終え、全員が元々のポジションへと戻った。それではご開封ください。その言葉と同時に、各人が手に持っていた封筒の中身を取り出し始める。会場全体が、実況席に座っていた二人が、別室にいる花田克明氏が、関係者全てが息を飲んだ。そして、楢柴家の当主である楢柴宏伸氏が天高くガッツポーズをした瞬間、会場全体が熱狂と興奮に包まれるのであった。

一巡目以降の指名に関しては特段の波乱はなく、つつがなく家族ドラフトが進められた。四巡目以降になると、会場の様子はワイプに抜かれるのみとなり、画面は楢柴家が交渉権を獲得した花田克明氏へのインタビューへと切り替わっていた。

「さあ、大注目の花田克明氏の交渉権を楢柴家が獲得したわけですが、別府さん。下世話な話、契約金はどうなるんでしょうか？」

インタビュー画面から実況席へと画面が移り変わると同時に、アナウンサーが再び解説員へ話を振った。

「ここまで多くの家族によって指名される長男はなかなかいないですからね。三年契約で億単位の契約金が提示されてもおかしくはないと思います」

「なるほど。確かに大金ではありますが、花田克明氏のポテンシャルの高さ、実績を考えると頷けますね」

「今の時代は、能力や実績に見合った家族に所属することができるようになって本当に良かったと心から思いますよ。私が十代の頃は今のような制度はなく、自分が生まれた家族を一生変えることもできず、また家族の方もどんなにふさわしくない家族であっても切り捨てることができない時代でしたからね」

「私が生まれる前の話ではありますが、知識としては知ってます。家族自由主義が認められたのは三十年以上前ですが、今の時代の価値観からすれば考えられませんからね。家庭環境が人間の成長に大きく影響を与え、家族のコネや影響力が社会的な成功力と密接に関わっているにもかかわらず、それを選ぶことができないなんてひどい話ですよ」

「彼が楢柴家に加入することで楢柴家のコネクションを最大限に利用でき、楢柴家も楢柴家で優秀な人材を構成員とすることでその影響力を伸ばすことができる。そんなウィンウィンな関係を両者で築き上げてもらいたいですね。これはあくまでスタートであり、ゴールではないのですから」

「そうですね。前途有望な花田克明氏の今後に期待という感じでしょうか」

「はい。まさしくその通りです。花田克明氏と楢柴家で、協力しながら成長していって欲しいですね」

「いやー、別府さん。改めて思いますが、家族って良いものですね」

「本当ですね。家族って素晴らしいです」

ここでプロデューサーから番組終了のサインが出される。実況アナウンサーはちらりとそのサインを確認した後で、ちょっとした尺合わせを行い、それから締めのコメントを口にした。

「さて、お時間となりました。実況は私、田中聡(たなかさとし)、解説は別府昌孝(まさたか)さんでお送りしました。また来年もお会いできることを楽しみにしております。明日のこの時間は、幼馴染(おさななじみ)ドラフト会議をお送りします。注目の国際テニスプレーヤーの肥田雄大(ひだゆうだい)選手は一体誰の幼馴染になるのでしょうか？　それではみなさん、ごきげんよう」

ゼンマイ仕掛けの恋

彼女の背中にゼンマイがついていることに気がついたのは、僕たちが付き合い始めてから三ヶ月が経ったある日のことで、それはちょうど、僕が彼女との温度差について悩み始めていた時のことだった。僕と同じくらいの熱量で、彼女にも僕のことを好きになって欲しい。そんな当たり前のわがままを叶えるために、僕は彼女に気づかれないようにそっと背中のゼンマイを巻いた。手首だけを器用に動かすと、彼女の背中からギチギチギチと歯車が嚙み合う音が聞こえてきた。

数百人に一人の割合で現れる背中のゼンマイは、基本的には十代とか、二十代のある特定の時期にしか現れない。なぜ人間の背中に、それも特定の時期にだけゼンマイが現れるのかは生物学上も謎のまま。だけど、背中のゼンマイについて判明していることが一つだけある。それは、背中のゼンマイを誰かに巻かれてしまった人間は、そのゼンマイを巻いた人間を好きになってしまう、ということ。

自分の背中にゼンマイが現れることも滅多にないし、時間が経てば消えて無くなってしまうため、そもそも自分の背中にゼンマイがついていることに気がつかない人も多い。ネットに転がっている都市伝説。身近にゼンマイつきの人間がいなかった僕にとって、背中のゼンマイはそんなくだらない噂（うわさ）の一つに過ぎなかった。

背中にゼンマイのついた彼女との出会いは、大学のサークルだった。最初は飲み会の席でお喋（しゃべ）りをする程度の仲だったけれど、少しずつ彼女に惹（ひ）かれていき、そしてある日突然僕は恋に落ちた。すぐに彼女に交際を申し込んで、僕たちは付き合うことになった。付き合うまでが一番楽しいなんてよく言うけれど、彼女とデートを重ねるたびに僕は彼女のことが好きになっていったし、今まで恋愛のれの字もない人生を送ってきた僕にとって、恋というものがこんなにも楽しいことなのかと驚くばかりだった。

僕は彼女のことを好きでいたし、きっと彼女も僕のことを好きでいてくれたんだと思う。だけど、彼女はあまり感情を表に出すタイプじゃなかったし、時々彼女が何を考えているのかわからなくなる時もあった。一方通行にも思える感情のやりとりを交わすたび、僕の胸の中には小さな不満が積み上がっていく。

彼女の背中のゼンマイに気がついた時だって、勝手にそのゼンマイを巻こうだなんて考えもしなかった。いくら恋人同士であっても、彼女の背中のゼンマイを勝手に巻くなんて許されることではない。それでも、背中のゼンマイのことを伝えようと彼女の肩を叩（たた）き、彼女が「どうしたの？」と僕に問いかけてきた時、僕は反射的に何でもないよと言って誤魔化してしまった。変なのと言って笑い返した彼女の肩を抱き寄せて、僕はさりげなく彼女の背中へと手を回す。そして、彼女にバレないように細心の注意を払いながら、僕は彼女の背中についたゼンマイをゆっくりと巻いていった。罪悪感がないわけではなかった。それでも、その感情以上に彼女への気持ちが強かったのかもしれない。

ゼンマイを巻いてからの彼女は、今まで以上に僕に好意を示してくれるようになった。視線と視線がぶつかることが多くなって、僕への好意を言葉にしてくれることも増えた。まさに僕が望んでいた展開に、僕もまた今まで以上に彼女に夢中になった。背中のゼンマイは時間とともにゆっくりと巻き戻っていく。調べたところ、ゼンマイを巻いた人物を好きでいてくれるのは、そのゼンマイが巻き戻っている間だけで、完全に巻き戻ったら、効力もまた無くなってしまうらしい。だから、僕は頻繁に彼女の背中のゼンマイを、彼女にバレないように巻き直す必要があった。僕はこの幸せを手放したくはなかった。彼女からの好意はゼンマイ仕掛けの感情ではあったけれど、僕はそんなことが気にならないくらいに幸せだった。

それでも、甘えてくる彼女の背中にそっと手を回し、背中のゼンマイを巻くたび、胸が締め付けられるような痛みを感じるようになった。罪悪感だけではない。彼女の僕に対する気持ちが背中についたゼンマイによるものだという虚無感が、僕の心を厚い靄（もや）で覆っていった。そして何より僕の心を苦しめたのは、本当に彼女を好きでいるのであれば、彼女の本当の気持ちを一番に考えるべきではないかという疑問だった。

僕は悩みに悩んだ。今の幸せな毎日を捨てるのか、それともこの幸せな毎日を失ってでも、彼女のための選択をするべきなのか。そして長い長い葛藤の末、僕は彼女の背中のゼンマイを巻くことをやめる決心をした。

僕が彼女を愛しているように彼女にも僕を愛してほしい。だけど、それはゼンマイの力を借りて実現するべきことではない。ゼンマイに頼らずに、彼女に愛してもらえるように僕が頑張らなければならない。そのためにはまず彼女に僕の今までの行いを謝らなければならない。自分のやったことは許されることではなかったし、そのタイミングで振られてしまうかもしれない。それでも、彼女が自分の意思で別れを切り出すのであれば、僕はそれを受け入れる覚悟があった。彼女が自分で自分の感情と向き合い、ゼンマイ仕掛けではない本当の愛を知ることが、彼女にとっての幸せだと思ったから。

そして、僕は彼女のゼンマイが完全に巻き戻ったタイミングで告白をした。彼女は僕の突然の告白、そして自分の背中にゼンマイがついていることに、すごく驚いていた。だけど、それからすぐに彼女は元の穏やかな表情へと戻る。彼女は僕の目をじっと見つめた後で、ゼンマイなんか巻かなくても、私はあなたのことが好きなんだよと呟いた。

僕は彼女の言葉を聞き、自分の愚かさを悔やんだ。彼女の気持ちを信じられなかった僕は大馬鹿者だと自分を罵った。僕は彼女に謝り、心の底から彼女を愛してると伝えた。そして、僕たちはその場でぎゅっと抱きしめあう。人を愛するというのは素晴らしいことだと実感したし、僕たちならきっとゼンマイ仕掛けではない本物の愛を見つけられるような気がした。彼女が僕の胸の中に顔を埋め、そっと僕の背中に手を回す。僕はもう一度彼女に、愛してるという言葉を伝え、彼女が僕の言葉にこくりと頷く。僕は目を閉じ、この瞬間の幸せを五感全てで感じ取ろうとした。そしてじっと耳を澄ませると、僕の背中の方から、ギチギチギチギチというどこか聞き覚えのある音が聞こえてきたような気がした。

仕事と結婚した男

そんなに働くのが好きだったら、仕事と結婚すればいいじゃん。

別れ際に彼女から言われたその言葉に従って、俺は仕事と結婚することにした。結婚とは、自分が一番好きな相手と一緒になることだと信じているから。友達や親に結婚報告をすると、初めはみんな同じように冗談だろと言って笑った。しかし、俺が本気で仕事との結婚を考えていることに気がつくと、揃いも揃ってそれはやめた方がいいと血相を変えて言ってきた。母親に至っては、私たちに孫の顔を見せてくれないの？　と言って泣き落としにかかってきさえした。

周りの反対に正直心は揺れたけれど、俺は必死に説得を続け、両親にも俺と仕事の結婚を認めてもらった。役所に婚姻届を出し、ワンルームの家から二人暮らし向けの2LDKの部屋へと引っ越した。仕事が場所を取るということはないのでちょっと広いかなと思ったけれど、一人暮らしの時よりも何万円も高い家賃が、新婚生活という新しい暮らしを実感させてくれた。

「えー、千葉君は私の直属の部下でありまして、弊社では出世頭として期待されてます。仕事と結婚することで、きっと彼は幸せな人生を送れるでしょう！」

結婚式のスピーチは俺と仕事の仲人でもある直属の上司にお願いした。社内恋愛なので、参列者はほとんど会社の人間で、その他に俺の学生時代の友達が数人いるだけだった。高砂（たかさご）席には新郎の俺と、そしてその横に新婦である仕事が座る予定だった。しかし、仕事は概念に過ぎず、実体はない。そのため、会社の粋な計らいにより、新婦席にはいつも業務で使用しているノートPCを置かせてもらっていた。

スピーチが終わり、会社の同僚や昔の友達が俺たちの元へと集まってくる。彼らは幸せの絶頂にいる俺と、隣に置いてあるノートPCのツーショット写真を撮り始める。折角だから、仕事している時の写真を撮らせてよ。悪友の一人がからかいまじりにそう提案すると、周りの人間もヒューヒューと囃（はや）し立て始める。みんなの前だと恥ずかしいと笑いながら断ったが、お酒が入った連中のノリは悪くなる一方で、俺は仕方なくみんなのリクエストに応えることにした。ノートPCを開き、電源を入れる。それからカタカタとキーボードを打ち始めると、一斉にカメラのシャッター音がしてフラッシュがたかれるのだった。

晴れ舞台である結婚式が終わり、家族を養う人間としての新しい生活がスタートした。守るべき存在ができたことで生活にも張りが出たし、妻帯者ということで会社からも信頼され、責任ある業務を任されるようになった。新婚生活と日々の業務を両立させられるかどうかという不安はあった。しかし、よくよく考えてみれば働くことそれ自体が仕事と一緒に過ごすことなので、両立とか休日の家族サービスとかそんなことを考える必要もなかった。休み時間にはよく、人間と結婚している他の同僚が配偶者の愚痴を言ったり、働きすぎですれ違いが起きてるなんて言っているのを聞いていた。その中で、仕事と結婚した俺は、そんなものと無縁な生活を送ることができており、結婚して本当に良かったとしみじみ感じることが多かった。

「今度僕、趣味の釣りと結婚することにしたんです！」

SNS上での同僚の結婚報告に対し、会社の仲間からお祝いメッセージが投げられる。詳しく話を聞くと、俺が仕事と結婚したことに刺激を受け、自分も本当に好きな相手と結婚しようと決心がついたとのことだった。その後そいつから飲みに誘われ、人間以外と結婚したもの同士で色んな話をした。結婚生活自体に不満はないから愚痴などは言わないものの、事務関係の手続きとか行政へ提出する書類など、人生の先輩として色々とアドバイスを送ってあげた。

「本当に好きな相手と結婚することが一番幸せですもんね。私は千葉さんみたいに会社にいても一緒にいられるわけじゃないんで、早く休日が来て欲しいなって仕事中もずっと考えているんです。その点、千葉さんは羨ましいです。二十四時間、平日も休日も好きな相手といられるんですから」

その言葉に、流石に休日は仕事してないよと笑いながら返す。しかし、そいつは俺の言葉にキョトンと目を丸くさせ、本当に好きなら休日も一緒にいたいって思わないんですかと聞いてくる。思いがけない質問に、少しだけ言葉に詰まる。それから思い出したように、毎日ベタベタするのは好きじゃないからお互いにある程度距離感を保ってるんだよ、とパッと思いついた言葉でお茶を濁す。そいつはなるほどと感心したように頷いたが、俺は自分の答えに少しだけ引っかかった。俺は仕事を愛している。だったら、休日も喜んで仕事をしてもいいはずなのに、なぜ今までそのような発想が出てこなかったんだろう。しかし、話は式場選びといった別の話題へと切り替わり、俺はその問いに対してそれ以上深く考えることはなかった。

確かに仕事と結婚することを、会社の上司以外は心のどこかで心配していた。しかし、そんな心配を吹き飛ばすほどに俺の生活は順調だったし、何より、仕事さえしていればいいのだからこれ以上に楽なことはなかった。夜遅くまで働こうが、サービス残業をしようが、妻から文句を言われることはなかったし、周りからは愛妻家だなと褒められることの方が多い。俺は何も考えず、会社から任せられた仕事にがむしゃらに取り組み続けた。

しかし、それから十年後。俺が勤める会社を不況の波が襲った。主要な取引先が相次いで倒産し、新規顧客の獲得もうまくいかない。倒産は免れたものの会社の規模を縮小しなければならないという噂が社内に流れ始める。それからほどなくして、会社は希望退職を募ることとなり、特定の部署、特定の年次の社員に対して直接退職を勧めることになった。まさに会社および従業員の危機。それでも、俺はその噂を聞いた時も、自分とは全く関係のない話だと考えていた。特定の部署や年次がどこを指しているのかはわからなかったけれど、仕事と結婚している自分に対して、会社が退職を勧めるなんてあるはずがないと信じていた。だからこそ、俺が所属する部署が希望退職募集の対象だとわかった時も、ある日直属の上司から呼び出された時も、まさか希望退職の話が出るなんて想像もしていなかった。これほど会社に貢献してきたのに？

俺の訴えに、結婚式の仲人をやってくれた上司は申し訳なさそうに首を振った。

「もちろん希望退職という建前だから強制することはできんよ。だがな、これはあくまで建前だということを、優秀なお前ならきちんとわかるはずだ。それにな、別にこの会社以外でも働くことはできるんだから、別に仕事と離婚しなければならないわけじゃないだろ？」

その後もなんとか会社にしがみつこうと抵抗を試みたが、努力虚しく、俺は泣く泣く会社を去ることになった。しかし、上司の言う通りこの会社以外でも働くことはできるのだから、家族を失うというわけではない。むしろこういう苦難の時にこそ、愛する妻と支え合うことが大事なのかもしれない。俺は一念発起し、妻である仕事との生活を取り戻すため、就職活動を始めた。それでも、不況の真只中ではなかなか同業の就職先が見つからない。このままでは俺は会社からリストラされただけではなく、仕事という妻も失う羽目になる。なりふり構わなくなった俺は、手当たり次第に会社の面接を受け続けた。その結果、以前の職種とは全く異なるものの、とある会社からようやく採用通知を受け取ることができた。

仕事の内容なんて関係ない。なにしろ俺は、愛する仕事と一緒にいることさえできれば幸せなのだから。そう思って俺は新しい会社で意気揚々と働き始める。しかし、以前とは全く勝手の違う仕事に、俺は中々ついていくことができなかった。歳を取ったからか覚えが悪く、単純なミスをやらかすことが増えていった。最初は新人だからと大目に見てくれていた同僚も、一日一日と態度が冷たくなっていく。

次第に俺は会社へ行くことが嫌になっていった。一生の愛を誓った仕事に対しても、以前より邪険な態度を取るようになった。惰性で仕事を行うようになり、代わりにお酒の量が増えていった。仕事への愛が冷めた俺は多分、家庭を顧みない最低な夫なのだろう。そうやって自己嫌悪をして落ち込んでは、沈んだ気持ちをお酒で紛らわせる。ただただその繰り返しだった。

「あなたは仕事大好き人間だと思ってたけど、それは違ったっぽいね。あなたは仕事が大好きだったんじゃなくて、仕事をして周りから褒められたり、頼りにされることが好きだっただけ」

久しぶりに再会した元カノが居酒屋で俺にそう言い放つ。俺は彼女の言葉に何も言い返せず、代わりに何杯目かもわからない焼酎のロックを胃に流し込んだ。だったら、俺は誰と結婚したらよかったんだとへべれけになりながら尋ねると、元カノは少しだけ考え込んだ後でこう答える。

「あなたの今の交友関係はよく知らないから、誰々と結婚したらいいのかなんてわからないけど、これだけは言えるかな。本当に愛してる相手はね、一緒にいるだけで心地がよくて、辛いこととかしんどい気持ちも全部吹き飛んじゃうの。そういう関係が愛し合ってる関係なんじゃないかな？」

まだ若いんだから離婚という選択肢もあるでしょと元カノは言葉を続けた。俺は仕事を愛してるわけではない。これは揺るぎない事実だった。俺は彼女の言葉をぐっと噛(か)みしめ、それから今後の人生について、アルコールが回った頭で必死に考えるのだった。

＊＊＊＊＊

そしてその翌週、俺は二枚の書類を持って役所へと向かった。そして俺は、受付の女性に仕事との離婚届を提出する。それからこれもお願いします。そう言って俺はもう一枚の紙を手渡した。女性は俺が手渡した二枚目の紙をチェックし、確かに承りましたと言いながら奥へと引っ込んでいく。

俺は受付のソファで座りながら、一週間前の元カノとの会話を思い出す。結婚は本当に好きな相手としなければならない。しかし、これまで俺は愛というものを勘違いしていたのかもしれない。本当の愛というものは、一緒にいるだけで心が落ち着き、そして辛いこととかしんどいことも吹き飛ぶようなもの。彼女が言った言葉を家に帰ってからも考え続け、俺は一つの結論を導き出した。そして、今日まさに、その決意を行動に起こすためにこの場所へやって来た。俺が求める本物の愛を、手に入れるために。

受付の女性が書類を持って戻ってくる。そして俺が手渡した二枚の書類を机の上に置き、それから淡々とした口調で俺にこう告げてくる。

「仕事との離婚届、そして……アルコールとの婚姻届を確かに受理いたしました」

きっと私たちは幸せになれない

生まれ変わりなんてものは信じてなかったけど、神様はいるんだと心のどこかで信じてた。だけど、自分がもう一度あの女の娘として生まれ変わったことを知った時、この世界には生まれ変わりというものがあること、それから神様なんていないんだってことを私は知った。

前世の記憶ははっきりと残っている。あの女が駆け落ちするために家を出ていったこと。私がその背中を追いかけ、信号無視した車に轢(ひ)かれて死んだこと。全ての忌々(いまいま)しい記憶を残したまま、気がつけば私は病院の新生児室に寝転がっていて、そんな私にあの女と駆け落ち相手が嬉(うれ)しそうな表情で微笑(ほほえ)みかけていた。ぞっとする、なんて言葉じゃ足りない。私を捨てたあの女が笑っていることが、愛(いと)おしい目で私を見つめていることが、その全てが不気味でおぞましかった。私は泣き声をあげる。だけど、私を見下ろす二人はそんな私の気持ちなんて知らないまま、私の泣き声に合わせて微笑むだけだった。

生まれ変わる前の出来事を、私は絶対に許さない。私を捨てたあの女が幸せになることを、私を捨てた罪悪感すら忘れてのうのうと生き続けることを、私はこの新しい人生全てを使って邪魔してやると決めた。赤ん坊の自分にだってできることはたくさんある。あの女が笑いかけてきても、私は絶対に笑い返すようなことはしない。わざと夜泣きをして何度も夜中に起こしてやったし、授乳だって必死になって抵抗した。殴られるかもしれないし、育児を投げ出し、ネグレクトされるかもしれない。だけど、それでもいい。どれだけひどい目にあったとしても、それであの女と駆け落ち相手が社会的な制裁を受けるのであれば、私はそれで構わない。だけど、あの女は手をあげることも、育児を投げ出すこともしなかった。あの女は疲れ切った表情を浮かべながら、それでも献身的に私の世話を続けた。

「あの子に手がかかるのは、きっと私の育て方のせいだと思う。だから、そんなこと言わないで。あの子は悪くないの」

ベビーベッドで寝ていた私は、リビングから聞こえてくる会話にそっと耳を澄ます。二人の間で喧嘩(けんか)が始まるかもしれないと心のどこかで期待していたけれど、駆け落ち相手の男は小さくため息をつくだけで、それ以上あの女を問い詰めることはしなかった。それからしばらくの間沈黙が続いて、駆け落ち相手の男が言いすぎたとあの女に謝る声が聞こえてきた。

「事故で亡くなった文ちゃんの分も、俺たちはあの子を大事に育てようって決めたもんな。俺たちがやってきたことのせめてもの償いとして」

「……うん」

それからあの女が泣き始め、駆け落ち相手がそれを慰める声が聞こえてくる。こんなの茶番だ！　自分たちの自己満足でしかない、反吐の出るような茶番！　私は二人の会話を聞きながら、心の中で叫ぶ。償いはお前たちが決めることじゃない。ただお前たちが楽になりたいだけのくせに、そんな綺麗事を言うな！　今すぐにでもあいつらの元へと走っていって、その醜い顔に噛み付いてやりたかった。だけど、今の私には何もすることができない。私は自分の無力さを、あいつらの身勝手さを呪って泣くことしかできなかった。私の泣き声を聞きつけ、あの女がリビングから駆けつけてくる。それから、泣き叫ぶ私を抱き抱えて、疲れ切った表情で私をあやしはじめる。

「泣かないで、可愛い私の赤ちゃん……。泣かないで……」

どうしたらあの女を一番傷つけられるのか。どうしたらあの女を一番苦しめられるのか。その方法を必死に考え、実践し続けた。それでもあの女は決して音をあげなかった。むしろ私があの女を苦しめるほど、あの女と駆け落ち相手の男の絆が強くなっていくのすら感じた。だけど、あの女を観察していると、私がどのような行動をとれば一番傷つくのかについて少しずつわかるようになっていった。あの女は一人娘である私を愛していた。だから、あの女を傷つけるよりも、自分自身を傷つけるような行動の方が、より傷ついた表情を浮かべる。だとしたら、私がやるべきことは決まったも同然だった。

成長し、一人で立ち上がって歩き回れるようになった私は、わざと自分を傷つけるような危険な行動を取るようにした。台所で包丁を漁ろうとしたり、沸騰中のポットに手を伸ばしてみたり。本当に怪我をしてしまうということはなかったけれど、慌てて駆け寄ってきたあの女の顔が恐怖で真っ青になっているのを見るのは、気持ちよかった。もっと、もっとあの女を苦しめたかった。前世の私の苦しみはこんなものじゃない。ずっと信じていたお前から裏切られ、それでも縋るような気持ちでお前を追いかけ、そのまま車に轢かれて死んでしまった私の苦しみはそんな生優しいものじゃない。あの女はもっともっと苦しまなければならない。私の頭にあるのはそんな考えだけだった。

ある日の昼時。私は家の階段を身体全体を使って登り、その途中で後ろを振り返った。自分が立っている場所から一階までの高さは2メートルほど。自分の身長の何倍もある高さをじっと見つめていると、ふと自分の頭にある考えが思い浮かんだ。ここから転がり落ちればただじゃすまないだろうし、そうすればあの女をもっと苦しめることができる。私は声をあげて、あの女を呼びつけた。あの女が何かを察して、階段の上からこちらへやってくる足音が聞こえてきた。

私は近づいてくる足音を聞きながら、もう一度階段の下を見下ろした。だけど、いざここから転げ落ちようとしてみると、そのあまりの高さに足がすくんでしまう。自分が階段を転げ落ちる姿を想像してしまい、その恐怖で胸の動悸が激しくなる。あの女が苦しむ表情を思い浮かべてみたけれど、それでもなかなか一歩が踏み出せない。情けないと自分を非難する。結局転げ落ちることは諦めて、一段ずつゆっくりと降りていくことにした。その時だった。右足が階段を踏み外し、そのまま身体がバランスを崩す。まるで誰かから引きずり込まれるように身体が下へ下へと引っぱられていく感覚。目に映る景色がゆっくりと回転していく。すべてがスローモーションに感じる中で、さっきまで見ていた、足のすくむような高さが走馬灯のように私の頭を駆け巡る。

「危ないっ!!」

その叫び声と同時に、私の腕があの女に摑まれる。私は強く引っ張られ、そのままあの女の胸の中へと抱え込まれる。私を引っ張った反動で、あの女は私を胸に抱えたまま階段の段差に尻餅をついた。鈍い衝撃が、あの女の身体を通して伝わってくる。

「大丈夫⁉　怪我はない？」

痛みはなかった。ただ、私の小さな心臓が猛スピードで脈を打ち、呼吸が浅くなる。背中を冷たい汗が伝う。今まで感じたことのない死への恐怖が私を包み込んでいた。私の手は小刻みに震えていて、そして、無意識のうちにあの女の服をぎゅっと握りしめていた。

「怖かったね……！」

その言葉を聞いた瞬間。私は前世の記憶を思い出す。私がまだ幼く、家族みんなが幸せだった頃、こうやってお母さんの胸に抱き寄せられ、その温もりを感じながら眠りについた時の記憶。頬を涙が伝っていく。私を抱きしめているあの女がその涙を手で拭い、そのまま抱きしめる力を強めた。どうして今になって、あの幸せな頃の記憶を思い出してしまったのかわからなかった。一生をかけて復讐するんだと決めた私にとって、その記憶はあまりにも残酷で、受け入れられないものだった。涙は止まらない。頬が涙の温もりで火照り、耳を澄ませばあの女の心臓の音が聞こえてくる。

前世の私が幸せだった頃の記憶は本物だったし、今こうして抱きしめられている温もりも本物だった。わけのわからない感情が私の小さな胸の中で渦巻いて、胸が締め付けられるように痛い。あの女も、そしてこうしてみっともなくあの女に抱きしめられている自分も許せなかった。隕石でもいい。ミサイルでもいい。何でもいいから、私とこの女を今すぐにでも殺して欲しかった。

その日を境に、復讐のことだけを考えていればいい単純な毎日は終わった。優しかったお母さんを思い出すたびに、今の私をあの女が抱きしめるたびに、胸の中がぐちゃぐちゃに掻き乱されて、自分のやっていることが本当に意味のあることなのかがわからなくなる。それでも、私は前世であの女にされたことを許すことは決してできなかった。どれだけ優しく接してくれているのだとしても、私が大きくなれば、前世と同じようにどこかの男と駆け落ちする。私は自分に言い聞かせるように心の中でそう呟き、できるだけ何も考えないようにあの女への復讐を続ける。

きちんと言葉を喋れるようになってからは、今までのような自傷行動ではなく、言葉の暴力であの女を傷つけるようになった。死ねとか、汚いとか、私の小さな頭で思いつく、あらゆる暴言をあの女に吐きかけた。単純な暴言は私を満足させたし、それは前世の自分の無念を晴らすためだと信じていた。だからこそ、私はわからなかった。自分の口から出た言葉が私の胸を同時に傷つけて、私がその痛みに耐えきれずに泣いてしまうことに。私は泣きじゃくりながらも、あの女への暴言を止めることができなかった。そのたびあの女は深く傷ついた表情を浮かべる。それからぐっと唇を噛みしめて、何も言わず、私の涙を手で拭いながら抱きしめる。抱きしめられるたび、私は優しかった頃のお母さんのことを思い出す。そしてそれから、こんなに傷つけられてもなお、私を受け入れようとするその態度に、無力感が胸を鋭く刺す。

ごめんね、文。あなたも大人になったらきっと私の気持ちをわかってくれる。

駆け落ち直前に私にそう告げたあいつと、私の思い出の中のお母さんと、目の前で私を抱きしめる女が、どうして別人じゃなく、同じ人間なんだろう。憎しみの感情が行き場を失い、私の胸で渦巻く。食事が喉を通らなくなり、暴言を吐く元気もなくなり、私はどんどん痩せていった。あの女は食事を拒む私を看病し、必死に助けようとしていた。

「生まれてくるんじゃなかった」

自分の口からこぼれ落ちた本音にあの女の動きが止まった。それから私に食べさせようとしていたお粥をそっとテーブルの上に置き、それから両手で顔を覆って泣き始める。陰でこっそりと泣いていることは前から知っていた。だけど、こうして私の目の前で泣くのは、これが初めてだった。お母さんの啜り泣く声が私の胸を苦しめる。

私は反射的に目を瞑った。そうしたところで、目の前の現実が消えて無くなってしまうわけではないのに。

「あのね、お母さんにはあなたとは別に子供がいたの。今のお父さんとは別のお父さんとの子供で、家を出た私を追いかけて、そのまま交通事故で死んじゃったの」

私がその子供だよ。あなたに捨てられて、あなたを追いかけて、そのまま車に轢かれて死んだ可哀想な子供。だけど私はぐっと言葉を飲み込んだ。口を開く元気がなかっただけではない。それなのになぜ私はそうしたのか、自分でもよくわからなかった。

「私がしてしまったことは決して許されることじゃないし、あの子に償うことすらできない。だからね、あなたがこんなに私を困らせているのも、あなたを苦しませているのも、全て私がやってきたことへの報いだって思ってるの。きっと私は幸せになれないと思う。でも、せめて。せめてあなたには……幸せになってほしいの」

そう言いながらお母さんは声をあげて泣き始める。償いとか報いとか都合のいい言葉に対しても、不思議と怒りの感情は湧いてこなかった。お母さんは私に幸せになって欲しいと言った。だけど、それは無理。私は目の前の女を許せない。それと同じように、前世に自分がされたことを忘れ、楽しく幸せな人生を生きることを、私はきっと許すことができない。

きっと私は幸せになれないとお母さんは言った。それは違うよ、と私は心の中で呟く。「私」じゃなくて「私たち」。過去の出来事がすべてデタラメで、跡形もなく消えてなくなってしまわない限り、きっと私たちは幸せになれない。目の前のお母さんは泣き続ける。二人しかいない狭い部屋の中に、掠れたすすり泣く声が虚しく響き渡っていた。

初恋に雪化粧

遅めにやってきた私の初恋が、高校最後の冬をぐちゃぐちゃに掻(か)き乱していく。

指先の感覚がなくなるくらいに冷え切った外とは対照的に、教室の中は暖房が効いていて、空気はまとわりつくように重たい。教室全体が、校舎全体が、いつもよりちょっとだけ騒がしく、先生も生徒もみんなどこか浮き足立っている。休み時間になると、普段は不真面目な子が友達と英単語クイズをやっていたり、クラスの端っこで男子たちが模試の結果をひそひそ声で教え合ったりしている。教室の窓から差し込む西陽(にしび)は水で薄められたみたいな淡い色をしていて、左手の形をした長い影が机の上に伸びていた。

誰かが換気の後に閉め忘れたせいか、窓の隙間から風が吹いて、ベージュのカーテンがふわりと膨らむ。私は立ち上がり、そっと窓を閉めた。金属部分に手が触れて、キンとした冷たさが指先から伝わってくる。

「そういや、なんで秋島(あきしま)って受験しないんだっけ？」

「何回も言ってるじゃん。卒業したらすぐに東京のフォトスタジオでアシスタントとして働くからだって。アシスタントとして働きながら、フォトアーティストを目指すってさ」

私が振り返ってそう答えると、椅子にだらしなくもたれかかったタカトが「そっか」と呟く。教室の中には私と幼馴染のタカトの二人だけしかいなかった。卒業に必要なカリキュラムはとっくに終わっていて、他のみんなはそれぞれの教室で受験対策に特化した授業を受けている。地元大学への推薦入学が決まったタカトと、学年で唯一大学進学しないと決めている私の二人だけが、この誰もいない教室で、担任の先生から渡された補習課題に取り組んでいる。私は窓から他の教室の様子を観察した。二階の生物室で、同じクラスの鈴が一生懸命ノートを取っている姿が見える。こっち見ないかな。試しに視線を送ってみたけれど、鈴はこっちに気がつくことなく、黙々と授業を受け続けている。

「東京に行くのってさ、ひょっとして地元が嫌だとかそういう理由？」

「え？」

自分の席に戻ってきた私に、タカトが脈絡もなく聞いてくる。真意がわからず私がじっとタカトを見つめると、タカトは深い意味はないからと慌てて否定する。何それと私が笑うと、タカトは真面目に聞いてんだぞとちょっとだけ不機嫌になる。

別に嫌じゃないよ。友達もいるし、田舎で窮屈だけど、みんな優しいし。ここには俺もいるしな。はいはい。私たちの他愛もない会話に混じって、シャーペンの芯が紙の上を滑る音がする。身体を少しだけ動かすと、それに合わせて椅子を床に引きずる音が教室に響いた。

「田舎から出て行きたいとかそういう理由じゃないよ。ただ偶然、尊敬するフォトアーティストの人がアシスタントを募集してるって話を聞いて、このチャンスを逃したくないって思っただけ。もちろん、お父さんとお母さんには猛反対されたけどさ」

「あー、やっぱそうなんだ」

「カメラなんて大学行きながらでもできるだろとか、商業カメラマンならまだしも、芸術寄りのカメラマンの世界で食っていけるはずがないだろとか、そんな感じ。めちゃくちゃ喧嘩になったけどさ、最後はお姉ちゃんが味方してくれて、何とかお母さんを説得してくれたの」

「美春っちが？　へえ、意外。いつも適当なことしか言わないのに」

「いつもは適当だけどさ、昔っからここぞという時は助けてくれるんだよね。東京の部屋選びとかも手伝ってくれるって言ってるし、あと東京に行く前にメイクを教えてあげるって言ってる。今んところ、断ってるけどさ」

「メイク？」

「男子にはわからないかもしれないけどさ、うちらには大事なことなの。それに、お姉ちゃんってデパートの化粧品売り場で働いているでしょ？　その道のプロフェッショナルだからさ、私の友達にもメイクとか教えてあげたりしてるの」

「ふーん」

全然興味がないことが伝わってくるけど、それでもきちんと相槌を打ってくれるところが妙にタカトらしくて笑ってしまう。そんな私に気がついて、タカトが眉をひそめる。何笑ってんの？　別に。外の廊下を誰かがコツコツと足音を立てながら通り過ぎていく。足音が遠くなっていって、再び教室が静寂に包まれる。時折、暖房が低く唸って、生暖かい風を教室の中に送り込んでくる。

「カメラマンの世界とか正直全然わからないんだけどさ、そういうのってやっぱ東京じゃないと駄目なのか？」

タカトがポツリと呟く。独り言のようなその言葉に私は一瞬だけ顔を上げて、タカトの顔を見る。

「……カメラの技術を勉強するのはどこでもできるけどさ、やっぱりコネを作ったりとか仕事をもらったりするのって東京じゃないと難しいの。本気でその道を目指すなら、早めに東京に出てきたほうがいいってさ。それに、地元に未練があるってわけじゃないしね」

「未練があったら思い直すわけ？」

「あったらね」

「じゃあ、例えばさ、俺が行くなって言ったら東京には行かないわけ？」

「あはは、タカトが言うの？　笑っちゃうって、そんなの」

タカトの言葉に私は声を出して笑った。タカトらしい、いつものくだらない冗談だと思って。昔からずっと繰り返してきた、いつもの他愛もない会話の一部だと思って。

だけど、タカトはこちらを見ることもせず、手持ち無沙汰気味に右手でペン回しをしていた。口角をあげることもなく、いつものようにおどけることもなく、頬杖（ほおづえ）をついてじっと課題のプリントを見つめていた。

「行くなよ、東京なんかさ」

それはまるで、私ではない誰かに向けられた言葉のようだった。私はタカトの横顔をじっと見つめる。十年以上、この町でずっと一緒に過ごしてきた幼馴染の横顔を。気心の知れた、大事な友達の横顔を。何？　そんなに私のことが好きなの？　私は無理矢理笑顔を作って、冗談交じりの口調でそう尋ねる。タカトは何も言わなかった。沈黙がゆっくりと重さを増していく。それに合わせて、私の心臓の音がゆっくりと大きくなっていく。タカトの右手からペンがこぼれ落ちて、机の上に転がった。

「好きだよ。友達とか、幼馴染とか、そういう意味じゃなくて」

少しだけ先の尖(とが)ったタカトの声に合わせて、休み時間を告げるチャイムの音が教室に響き渡った。

＊＊＊＊＊

「おーい、春菜(はるな)。生きてるかー？」

その呼びかけに、中庭のベンチに座っていた私はハッと我に返る。目の前には友達の鈴が弁当を片手に立っていて、私の顔の前でひらひらと手を振っていた。こんな寒い中、外で昼ごはん食べようって誘ってくるなんて珍しいじゃん。鈴は私の隣に腰掛けながらそう笑いかける。私は相槌を打ちながら、隣に座った鈴をじっと観察してみた。口にはうっすらとリップを塗っていて、元から大きい目はアイプチでぱっちりした二重になっている。目元は先生に怒られない程度にアイシャドウがされていて、フアンデーションが塗られた肌は外で見ても明るく、肌理（きめ）が細かい。鈴っていつからメイクしてるんだっけ？　私の質問に、彼氏ができてからかな、と鈴が笑いながら答える。

「メイクのやり方をさ、春菜の家で美春っちに教えてもらったじゃん。一緒にやろって言ったのに、春菜は面倒だって理由で断って、結局私が一人だけで習ったの覚えてない？　美春っち教えるのがめっちゃ上手なのにもったいないな」

「別にお姉ちゃんがそんな仕事してるからって妹がそういうのやらなきゃダメだってことにはならないでしょ。それに……今の所メイクを覚える必要も感じないし」

「まあ、面倒だって言うのは理解できるけどさ。してみたら意外といいもんだよ」

「どこらへんが？」

「可愛（かわい）く見えるっていうのもあるけどさ、メイクしてるとちょっとだけ自信がつくんだよね。すっぴんだと勇気が出なくても、ばっちりメイクをしてると一歩前に踏み出せたりするの」

そういうことを聞くってことは春菜もそろそろメイクデビュー？　鈴の茶化しに、私は違う違うと慌てて否定して、違う話題へと話を変える。

「そういえばさ、模試の判定どうだった？　志望大学通りそう？」

「あー、さっき戻ってきたやつね。ううん、ダメダメだった。だからさ、志望大学変えることになりそう」

鈴があっけらかんとした口調でそう答える。呼吸が一瞬だけ止まった。鈴が私から顔を逸らして、目の前の中庭の風景へと視線を向ける。私は鈴の横顔を見つめる。ビューラーで綺麗にカールされたまつ毛が、澄んだ空に向かってツンと伸びていた。

「でも……絶対に合格してやるって言って、あれだけ勉強頑張ってたのに」

「仕方ないよ。親から口すっぱく言われてたように、一、二年の時にもっと真面目に授業受けてればって思ったけど、今更どうしようもないし。やっぱ、現実はそんなに甘くなかったなー。今はもうさ、受験終わった後に彼氏と遊びに行くのだけがモチベって感じ」

鈴が弁当箱を開けながら、冗談混じりに呟いた。鈴の言葉に私の胸が少しだけざわつく。冬の空はどうしようもなく青くて、高くて、私たちの口からでた全ての言葉が、誰にもどこにも届かずに、吸い込まれてそのまま消えていくような気がした。風が吹く。枯葉が足元でくるくると踊る。樹の枝が擦れ合い、音を立てる。

で、なんかあったの？　鈴がそう切り出してくる。私はうん、と小さく頷いてから、ぽつりぽつりと昨日の出来事を鈴に話した。二人っきりの教室でタカトから言われたこと、タカトの反応、全部。すべてを聞き終わった後、鈴が小さくため息をついた。ベンチにもたれかかり、それから空を見上げる。ため息は白い息となって、青い空へと消えていく。そして、長い沈黙の後で、鈴がぽつりと呟いた。

「……このタイミングで言うのかー」

「そう！　本当にそれなの!!」

鈴の呟きに私は身を乗り出して反応する。

「本当にタカトってそういうところがあるの！　大事なことに限ってずっと何も言わずに黙ってて、そのくせ最後の最後にどうしようもないタイミングで言ってきたりさ。小学校の時もね、夏休みの宿題とかこっちが親切に大丈夫って気にかけたりしてたのに、全然大丈夫って突っぱねて、夏休みが終わるギリギリで写させてって言ってくるしさ。それも、告ってきた時と同じでさ、素直に見せてって言えばいいのに、わざとわかりづらい言葉で遠回しに言ってくるわけ。それにこっちの事情ってものも全然考えないんだよ！　こっちが忙しい時に突然電話かけてきたりさ、本当昔っから変わんない！」

「で、春菜は西尾のことどう思ってんの？」

私がまくしたてた後で、鈴が静かな声で聞いてくる。その落ち着いた声に、私は言葉をぐっと飲み込み、思わず鈴から目を背けてしまう。同時に、昨日のタカトの顔が頭に思い浮かんだ。二人っきりの教室で、好きだって言葉を伝えてきた時の、タカトの横顔を。

「最初にそんな感じに言われた時はさ、ありえないって思ったの」

私は胸にぎゅっと手を当てながら、鈴の質問に答える。

「だって、タカトはずっと昔から当たり前のように一緒にいる幼馴染で、気さくに話せる男友達って感じだったから。異性の関係というより、ずっと一緒にいる兄弟って感じ。だけど、下校してる時も家に帰ってからも、ずっとタカトの言葉がぐるぐる頭の中を回ってさ、食事の時もぼーっとしたり、カメラの本だって全然内容が入ってこなくて。で、気がついたら、そういえば別に嫌いな顔じゃないし、確かに一緒にいて一番楽しい相手だしなとか考えてて、しまいには、もし付き合った場合、タカトとキスとかできんのかなって変なこと考え出して……」

「考え出して？」

鈴が私から言葉を引き出そうとする。そして、私は小さく息を吸い込み、呟く。

「多分だけど……好きなんだと思う」

そう、と鈴が相槌を打つ。鈴はお弁当の中に入っていたプチトマトを一つ摘み、頬張った。校舎の中から誰かの話し声がする。一年中変わらない昼休みの騒がしさが、今だけは別世界の音のように聞こえた。

「高校三年間ずっとカメラ、カメラ言ってた春菜からそんな話を聞くと、こっちまで恥ずかしくなるんだけど」

鈴が口に入れていたものを飲み込み、それからおどけた声でそう言った。からかわないでよ。私がそう抗議すると、ごめんごめんと鈴が平謝りする。

「こっちだって困ってるんだからね。こんなの初めてだし、それにタイミングもタイミングだし」

「とりあえず、付き合ったら？　両思いなんだし」

「でも、春から東京に行くって決めてるから……」

「遠距離恋愛すればいいだけじゃんか。もし続かなかったら良い思い出だったねってことで終わりだし、上手(うま)く続いたら続いたで儲(もう)けもんってことで」

「東京に行って働き出したら、きっと大変だもんな……。それにそんな中途半端な気持ちできちんと仕事できる自信ないし」

「じゃあ、きっぱり断ったら」

「でも……」

「でも？」

咄嗟の返しに言葉が出てこない。自分が発した言葉に、自分で戸惑ってしまったから。でもって何なんだろう。その問いかけが頭の中をぐるぐる回って、合間に、タカトの昨日の言葉が顔を覗かせる。親の反対を押し切って、絶対に上京するって決めたはずなのに。スタジオでアシスタントとして働いて、たくさん勉強して、それから有名なフォトアーティストになるって決めたはずなのに。どうしてこんなことで躊躇っているのか、自分でもよくわからなかった。

鈴が立ち上がり、スカートについた埃を手ではたく。そして、上手にメイクされた可愛らしい顔をこちらに向けて、優しく微笑む。好きな人ができて、メイクをするようになって、鈴は前よりもずっと可愛くなった。鈴の顔を改めて観察して、そう感じた。生き生きしてて、毎日が楽しそうで、嬉しそうにいつも彼氏の話を聞かせてくれて。そして、それと同じタイミングで、私の頭の中に先ほどの鈴の言葉が思い浮かぶ。

やっぱ、現実はそんなに甘くなかったなー。

私はその言葉を振り切るようにぐっと唇を噛みしめる。そしてそれから、右手に持っていた箸をそっと置き、食べかけのお弁当にそっと蓋をした。

＊＊＊＊＊

「あ、春菜先輩。来てくれたんですね」

放課後。誰かいるかなと思って部室を覗きに来た私に、写真美術部の後輩、美幸ちゃんが嬉しそうに挨拶をしてくれる。下級生はテスト期間だということもあって、狭い部室には彼女一人しかいない。部屋の窓はカーテンで締め切られ、どこか薄暗い。

やっぱり受験がないと暇なんですねと言ってくる彼女に、ちゃんと家では写真の勉強してるからねと言葉を返す。

私は部屋の真ん中に置かれた椅子に腰掛け、一ヶ月ぶりに訪れた部室を見渡した。カビ臭くて、狭くて、だけど、写真に囲まれた空間。本棚には部員や顧問が持ち寄った写真集や雑誌がぎちぎちに詰められていて、壁一面には部員の作品が飾られている。そして、壁際の棚に飾られている盾に目が止まる。それは、私が高校二年生の時、有名なフォトコンテストで、アマチュアで唯一佳作をとった時のもの。そしてその横に飾られている、私の受賞作品。差し込む木漏れ日の下で水面の波紋と波紋が重なり合う一瞬を撮った風景写真。学校裏の林にある小さな池で、休日の朝から夕方まで一日中張り付き、それを何週間も続けてようやく撮影することができた自分の代表作品。この受賞をきっかけにずっと尊敬していたフォトアーティストの人と知り合うことができて、彼女がスタジオのアシスタントを募集してるということを知ることができた。私の夢のスタート地点とも言える、大事な作品。

たまたま佳作を取っちゃったから、その道で食っていけるだけの才能が自分にあるって勘違いしてるだけなんじゃないの。

大学に行かず、東京のフォトスタジオで働きたいと言った私にお母さんが言った言葉。口論の中の、私の暴言への返し言葉だっていうのは理解してるし、何一つ譲ろうとせず、一方的にこちらの主張をぶつけていた私にも非があるのはわかってる。それでも、たまたまという言葉だけはどうしても許せなかったし、全身全霊をかけて撮った写真をそんな風に言われるのは死ぬほど悔しかった。

この写真は、自分の力で撮った、自分の代表作品だって自信を持って言える。それでも。私は自分が一年前に撮った写真を眺めながら思う。この写真以上のものを、私はこれから撮り続けることができるのだろうか。そんな問いがひょっこりと顔を覗かせて、私の胸を不安が締め付ける。

「すごいですよね、先輩。大学に行かずにそのままフォトスタジオのアシスタントとして働くなんて」

美幸ちゃんが現像した何枚かの写真を手に持ち、真向かいの椅子に座った。椅子と床が擦れる音がして、狭い机の下で、私と彼女の脚が一瞬触れ合う。そんなことないよ。そう返事をした後で、自分の言葉に謙遜ではなく、卑屈さが混じっていることに気がつく。悪い考えを振り払うように、私は美幸ちゃんの方へと顔を向けて、話題を振る。

「美幸ちゃんは進路とかもう考えてるの？」

「私はどっか地方大学の医学部を受ける予定です。一時期、先輩みたいにフォトアーティストとか、商業カメラマンとかも楽しそうだなって思ってたんですけど、やめました。親から医者を継げって言われてますし、才能がないってのもありますし、でも一番はやっぱり、今みたいに好きなものを好きな時に撮ってるのが楽しいかなって」

「そっか」

美幸ちゃんが人懐っこい笑顔で笑う。ついでなんで、コンテスト用に撮った写真を何枚かみてもらえませんか？　そう言いながら、美幸ちゃんが机の上に写真を並べ始める。写真を一枚一枚指差しながら、美幸ちゃんがアングルや被写対象について説明してくれる。彼女の楽しそうな表情を微笑ましく感じながら、私は一枚一枚を真剣に鑑賞する。美幸ちゃんの写真は、贔屓目に見ても、才能を感じさせるような素晴らしい作品だった。細かい所で惜しい箇所はあったりするけれど、これは私には撮れないなって思わせる写真だって何枚もある。それに、県内のコンテストで優秀賞を取ったりしていて、実績だってある。

写真の説明を聞きながら、美幸ちゃんのさっきの言葉が頭の中で繰り返される。自分に才能があるかなんて、私にだってわからないよ。胸を締め付ける不安が、言葉になって私を責め立てる。一通り写真を見終わった後で美幸ちゃんがお礼を言いながら写真を片付けていく。先輩に相談できてよかったですと、屈託のない笑顔でそう言ってくれる。

「先輩が個展を開くことになったら、絶対に教えてくださいね。東京だろうが、ニューヨークだろうが、すっ飛んでいきますから」

ありがとう。いつもなら嬉しいはずのその言葉が、耳の鼓膜にべっとりとへばりついて、離れない。美幸ちゃんの笑顔越しに、棚に飾られた私の代表作品が目に映る。写真に写る池の波紋が、まるで私の心の中の小さな揺らぎを暗示しているかのように見えた。

＊＊＊＊

「補習最後の日、休みになんねーかな」

二人きりの教室。気まずい沈黙を破って、タカトが独り言のように呟いた。どうして？　私はタカトの方を見ないまま尋ねる。プリントに印字された文章が意味をなさない文字の羅列になって、私の頭を通り抜けていく。

「補習最後の日、雪の予報なんだよ。夜の間に降ったら、数センチくらいは積もるってさ」

「……数センチくらいじゃ休校になんないと思うよ」

「まあ、そうだよな」

いつもの何気ない会話のはずなのに、中身も何もない空っぽの会話のはずなのに、タカトが何かを呟くたびに私の心臓が胸から勢いよく飛び出してしまいそうになる。

私は窓の外をみる。今日の天気はこの前と違って曇り空で、今にも落っこちてきそうなほどに重苦しい灰色だった。水を張ったような静けさが痛い。教室だけじゃなく、校舎にも、この町にも、私たち以外の人間は誰一人いないみたいで、耳を澄ませば隣に座っているタカトの呼吸が聞こえてきそうだった。

「……なんで、タカトはそんな平気なの？」

「何がだよ」

「この前あんなこと一方的に言っておいて、よくそんな平気でいられるね」

「いや、平気なふりしてるだけでさ、本当は心臓バクバクだよ。胸から飛び出してきそうなくらい。お前こそさ、よく平気でいられるよな」

この鈍感男。心の中でぼやきながら、シャーペンで意味もなく句点の丸を黒く塗りつぶす。その一方で、タカトもそんな気持ちなんだってことが少しだけ嬉しくて、だけど、そんなことで喜んでる自分をどうしようもないくらいに情けなく感じて、ペンを握る力が無意識のうちに強くなる。ペン先に圧がかかって、シャーペンの芯がぽきんと折れる。折れた芯を手で払うと、白い用紙の上に太く黒い線の跡が残った。

「この前タカトさ、地元が嫌いだから東京に行くのって聞いたじゃん。ひょっとして、タカトって地元のことが嫌いなの？」

「どうしてだよ」

「だってさ、そうじゃないとあういう質問って出てこないじゃん」

タカトが黙り込む。黙んないでよ。私がそうせっつくと、聞こえるか聞こえないかの声で呟く。

「嫌いだし、好きだよ」

　何それ。思わず私が笑うと、タカトもつられて笑った。その顔を見た瞬間、冷たい氷を押し付けられたみたいに心臓がぎゅっと縮こまる。見慣れているはずなのに、昔から嫌と言うほど見てきたはずなのに、今更どうしてその笑い顔を見てそんな気持ちになるのだろう。時間が経つにつれて得体のしれない想いがどんどん大きくなっていくのがわかって、それがどうしようもなく怖い。みんなから素敵なものだって聞かされていたはずの初恋が、自分を自分じゃなくしてしまうような、そんな感じがした。

「ところでさ……この前の話の続きをしたいんだけど」

　この前の話って何？　わかってるはずなのに、反射的にとぼけてしまう。俺が秋島のことを好きだって話だよ。タカトの言葉にまた胸が締め付けられる。そんな直接的な言葉を使うのは卑怯だよ。そんな言葉をぐっと飲み込んで、タカトの方を見る。だけど、あまりにも気まずくてすぐに目を伏せてしまう。

「あんなこと急に言われてもさ……こっちの立場もちょっとは考えてよ」

「それは悪かったと思ってる。でもさ、ずっと踏ん切りがつかなくって、あのタイミングでしか言えなかったんだよ」

「ヘタレ」

「ヘタレなのは認める。でも、秋島は俺のことどう思ってるわけ？」

私は開きかけた口を閉じて、黙り込む。だけど、それに代わる言葉は出てこなかった。タカトも何も言えず、重たい沈黙が教室全体を包み込む。こっちの立場も考えてよ。長い沈黙の後で、私はさっきと同じ言葉を繰り返すことしかできなかった。

「立場を考えろって言われても、どうしようもなかったんだから仕方ないだろ」

「仕方ないって言って開き直らないでよ。卑怯じゃん！　そっちの好きなタイミングで一方的にそんなこと言ってさ、本当昔から変わらない！」

「何だよそれ。嫌いなら嫌いって言えよ」

「嫌いなんて一言も言ってない！　なんでそんなに自分勝手なの！　ただでさえ不安でしょうがない時に、なんで……なんで、そんな邪魔するようなことするわけ⁉」

自分の言ってることがやつあたりだってことはわかってた。タカトとは関係ない、自分の不安をぶつけてるだけだってことも。わかってたけど、どうしても言葉が止まらなかった。タカトは何も反論しないで、ただ私の方を見て、ごめんと一言だけ呟いた。謝らないでよ、悪いのはこっちなのに。もっと私に筋の通らないことを言って怒って、タカトのことを嫌いにさせてよ。愛憎入り交じった気持ちが心の中でぐちゃぐちゃになって、自分でも理解できない考えで頭がいっぱいになる。

いつだっていいから、気持ちの整理がついた時に、さっきの返事を聞かせてほしい。

タカトは私の目を見てそう言った。私は右手をぎゅっと握りしめながら頷く。授業の終わりを告げるチャイムが鳴る。私は何も言わないで、逃げ出すように教室を出ていった。

＊＊＊＊＊

「春菜、ちょっとこれを見てくれる？」

夕飯の後。部屋に戻ろうとしていた私をお母さんが呼び止める。何？　私が尋ねると、お母さんがテーブルの上にパンフレットを置き、私の方へとそっと押し出した。不安が背中を這う。私はゆっくりとお母さんが座るテーブルへと近づいて、パンフレットを手に取った。それは地元の美術大学の資料で、来年から新しく写真学科が開設されるということが大々的に記載されていた。

「お母さんもあれからずっと考えていたんだけどね、やっぱり今後のことを考えると大学は出ておいた方が良いと思うの。ここの大学だったら家からも近いし、一年くらいは予備校に通って浪人するってのもありだと思うわ。それにほら、ここに書かれてる写真学科の先生っていうのも、春菜がすごいって言ってた写真家さんだし……」

「何でこんなことするの？」

自分でも驚くくらいに冷たく、低い声だった。お母さんが不愉快そうな表情を浮かべる。決まってるでしょ。あんたの将来のためを思ってるからよ。何度も聞かされてきたお決まりの言葉を、お母さんが呟く。私は手に持っていたパンフレットをテーブルに叩きつけた。乾いた音がリビングにこだまする。沈黙の後に、お母さんが深いため息をつく。そして、きっと鋭い目で私を見つめ、言葉を続ける。

「あんたは世間のことをよく知らないかもしれないけどね、社会に出たら学歴とか出身大学のコネとか、そういうものが役に立ったりするの。高卒のまま東京のスタジオで働いて、結局フォトアーティストになれなかった時に苦労するのは自分なんだからね」

「……うるさい」

「別に私だって、カメラを止めろなんていってるわけじゃないの。苦労が目に見えている道に進むよりかは、四年制の大学を出てきちんとした職について、それから自分の好きなことをやった方がいいんじゃないって言ってるの。それにこの前も調べたんだけど、地元で一番有名な写真家の人も、公務員をやりながら写真を撮ってて、それからプロの道に進んだって……」

「うるさい‼」

私は大声で叫んだ。あまりの激しい反応にお母さんが少しだけたじろぐ。

「前にちゃんと説明して、お母さんたちも納得してくれたじゃん！　なんで今になって蒸し返してくるわけ！」

「他にもっと良い道があったからこれはどうって教えてあげただけでしょ！　春菜こそ私たちが反対してるから、意固地になってるんじゃないの⁉」

「何で、みんな寄ってたかって……何でみんな私の邪魔するの？　何で自分勝手に私の邪魔するの‼」

「人の話を聞かないで、自分勝手なことをしてるのはあんたでしょ！」

そのタイミングで、リビングの扉が開く。私がぐっと涙を堪えながらそちらを見ると、そこには自分の部屋からリビングに戻ってきたお姉ちゃんが立っていた。面倒くさそうに頭を掻きながら、そのまま私たちの間に入ってくる。

「最初から聞けてなかったんだけどさ、今度はどういう喧嘩？」

「何でもない！」

私はお姉ちゃんをきっと睨みつける。そのままリビングを出て、二階にある自分の部屋へと駆け込んだ。鍵をかけて、そのまま自分の机の椅子に座る。むしゃくしゃした気持ちで頭がいっぱいになる。さっきの会話を思い出すだけで涙が出そうになる。

私は机の上に置かれたカメラを手に取った。決してプロが使うような高いやつではない、使い古された一眼レフカメラ。それでも、中学生の時に買ってもらってからずっと肌身離さず持ち歩いて、そして、私に写真を撮ることの楽しさと喜びを教えてくれたもの。

フォトコンテストで賞をもらって、ずっと尊敬していたフォトアーティストの人から言葉をかけてもらって、それをきっかけに私はこの道に進むんだって決めた。決めたはずなのに。決めたはずなのにどうして今更。湧き上がってくる負の感情は、自分の進路に反対する母親とか、今更恋愛感情なんてものを意識させたタカトに向けられたものじゃなかった。それは、その感情は、不甲斐ない自分の方を向いて、容赦なく胸を締め上げる。

その時、コンコン、と部屋のドアがノックされる音がした。私は反射的に扉の方へと振り返る。

「誰⁉」

「レディー・ガガだけど、入れてくれる？」

私は服の袖で涙を拭い、手に持っていたカメラを机の上に戻す。椅子から立ち上がり、扉を開ける。外にいたお姉ちゃんが戯けた調子で手を振って、部屋の中へと入ってくる。頭一個分背の低い私の頭をポンポンと叩いて、そのまま私のベッドに腰掛けた。ベッドが重みで軋む。ウェーブがかかった栗色の毛先をいじくりながら、お姉ちゃんはド派手にやらかしたねと、からかうような口調で笑いかける。

「まあ、春菜の気持ちもわかるけどさ、お母さんだって別に悪意があってやってるわけじゃないのよ。だからさ、ああいうのは、ありがとう考えとくねって適当に流しておけばお母さんも満足して……」

「違うの」

言葉を遮ったその声は涙のせいで掠れていた。お姉ちゃんが眉をひそめる。自分の迷いとか、タカトのこととかお母さんの言葉とか、色んなことが頭の中で渦巻いて、うまく説明しようとしても言葉が出てこなかった。嗚咽が溢れる。悔し涙を堪えるために、唇を噛みしめる。お姉ちゃんは何も言わずに私を見つめていた。急かすことをしないで、ただじっと私の言葉を待ってくれていた。

「違うの……。お母さんが私のためにああいうことを言ってくれてるのはわかってる。

だけど、一瞬だけ……一瞬だけ、お母さんの言う通り、このまま地元にいて今みたいに趣味でカメラを続けてる方がいいのかもしれないって思っちゃったのが、どうしようもなく悔しくて……！」

そっか、と小さく頷いた後、お姉ちゃんはベッドを手で叩いて、こっちにおいでと言ってくれた。私は涙を堪えながらお姉ちゃんの横に腰掛けた。身体をくっつけると、お姉ちゃんの髪から品のいい香水の匂いがした。何があったの？　お姉ちゃんの囁くような問いかけに、私はぽつりぽつりと話し始める。タカトのこと、鈴のこと、そして、ひょっとしたらわがままで間違ってるのは自分の方なんじゃないかってこと、全部。

私が間違ってると思う？　全てを話し終わった後で、恐る恐る尋ねた。そういう問題じゃないと私は思うよ。私の頭を優しく撫でながら、お姉ちゃんはそう答えてくれる。

「私は自分のことを世界で一番頭が良くて、可愛い女性だと思ってるけどさ、例えば、その私が春菜に、あんたは才能がないからフォトアーティストになれっこないし、そんな夢見てないでおとなしく周りの言うことを聞いてろって言ったら、どうする？」

「多分……お姉ちゃんのことぶん殴っちゃうと思う」

「でしょ？　そういうことなんだと思うよ」

お姉ちゃんが笑いながら私の目に溜まった涙を拭った。

「私が応援してるのはね、フォトアーティストになりたいっていう夢だけじゃないの。私はね、春菜が自分で自分の道を決めて、成功しようが失敗しようがそれを自分の責任で最後までやり切るってことを応援してるの。私もちゃらんぽらんだけど一応社会人だから、お母さんやお父さんの言ってることも理解できる。お母さんたちの言う通り、大学を出なかったことで苦労することがこの先あるかもしれない。でも、一番大事なことは正しいとか間違ってるとかじゃなくて、自分で決めたことかどうかだって私は思うよ」

お姉ちゃんが立ち上がる。髪がなびいて、香水の匂いが再び香る。お姉ちゃんは机の上に置かれた私のカメラを手に取り、懐かしそうに本体部分を撫でた。一台目は私が勝手にいじくって壊したんだっけ？　そうだよ、あれだけ触らないでって言ってたのにさ。ごめんごめん、春菜あの時、一ヶ月くらい口利いてくれなかったもんね。お姉ちゃんがそう言って笑った。人懐っこい、それでいてすべてを包み込んでくれるような微笑みを浮かべて。

「春菜が自分の頭で考えて、自分で納得した答えなら私は何だって応援するよ。東京に行くことになっても、ここに残ることにしても、それが自分で決めたことならね。自分で決めて、人のせいにしないで、自分でその結果に責任を持つってことが、自分らしく生きるってことだと思うから。人生の責任を自分以外に丸投げするような生き方なんて、ダサいじゃんか」

　写真撮ってよ。誰にも負けないくらいに上手に撮れるんでしょ？　お姉ちゃんが私にカメラを差し出し、そう言った。私は頷き、お姉ちゃんからカメラを受け取る。一眼レフカメラはずっしりと重くって、だけど私の手にぴったりと収まった。私はカメラを構え、ファインダーからお姉ちゃんを覗き込む。歳が離れてるのに、私の友達みんなから美春っちって呼ばれて、いつもはお調子者なのに、ここぞという時は頼りになる自分の姉の姿を。

「可愛く撮ってね。マッチングアプリのプロフィール画像にするから」

「いいけど……一つだけお願いを聞いてもらっていい？」

　何？　お姉ちゃんがポーズをとりながら聞き返してくる。しぼりを固定し、ＩＳＯ感度を操作し、私は答える。

「今からさ……お化粧の仕方、教えてよ」

　私はシャッターを切る。聞き慣れたシャッター音が部屋の中に響き渡った。

＊＊＊＊＊

補習最後の日は、町全体にうっすらと雪が積もっていた。

夜の間降り続いた雪は朝には止み、空は雪の白に負けないくらいに鮮やかな水色をしていた。教室の暖房はいつもより張り切って稼働していて、窓ガラスには結露がついている。外へ目を向ければ、中庭の樹の枝分かれした部分に雪が積もっているのが見える。通路にはたくさんの人の足跡が残っていて、ぎゅっと踏みつけられて透明になった雪から、見慣れた石畳の色がのぞいていた。

今日の放課後さ、久しぶりに一緒に帰らない？　話したいことがあるんだけど。

補習の最後、私は隣に座っていたタカトにそう伝えた。ちょっとだけ間が空いた後で、タカトはわかったと素っ気なく返事をする。それから終わりのチャイムが鳴って、他の授業に出ていたクラスメイトが教室に戻ってくる。放課後のホームルームが終わり、塾に向かう人、自習をしに学校の空き教室へ向かう人、そういう人たちに混じって、私たちは時間をずらして教室を出ていく。扉を通り抜ける時、足先が敷居に突っかかって、思わずよろけそうになった。

校門から出て曲がり角を曲がったところで私たちは合流し、二人並んで歩き出す。歩くたびに足元から固い雪の感触が伝わってくる。私は視線を向ける。昔は同じくらいの背丈だったのに、気がつけば私より頭ひとつ分背が高くなっていた。タカトの吐息は白く、耳は真っ赤だった。緊張してるからなのかなって自意識過剰気味に思って、それからそんな自分の呑気さに笑ってしまう。

「何か、今日の秋島、いつもと違う気がするんだけど、気のせい?」

「気のせいじゃないよ」

やっと気づいたの? と呆れながら、それに気がついてくれたことが嬉しくて、でも、それがばれたら恥ずかしいから、私はできるだけ平静を装ってそう言った。どこが変わったと思う? 意地悪でそう聞いてみると、タカトが困ったような表情を浮かべた。

今日ね、お化粧してきたんだ、生まれて初めてのメイク。確かにそういえばいつもよりも顔が白いな。ファンデを塗りすぎてるんだって、お姉ちゃんにも鈴にも言われちゃったよ。ふーん、よくわかんないな。そういう時は、適当にそうだねって言っとけばいいの。はいはい。私はタカトの方じゃなくて、自分の足元を見ながら会話を続けた。横を見なくても、タカトの視線を感じる。あんたのためにしてきたんだよって、私はわざと聞こえないような声で、そう呟いた。

「今日の景色じゃないけどさ、これが本当の雪化粧ってやつ？」

「何それ、しょうもな」

それから私たちは笑い合う。私と同じようにうっすらと雪化粧した街は、見慣れた景色とは違って見えて、陽の光を反射した雪の純白が眩しかった。手袋越しに、冷気が指先を針で刺すように突く。鼻先は感覚がなくなって、まるで自分の身体の一部じゃないみたい。別れ道に差し掛かり、私は足を止める。タカトが数歩だけ先に進んで、立ち止まり、振り返る。補習の時の教室と同じように、周りには誰もいなかった。私は目を瞑り、空気を大きく吸った。冷たい空気が肺の中に満ちて、火照った身体を冷やしていく。

「私、タカトのこと好きだよ。別に友達とか、幼馴染とか、そういう意味じゃなくて」

タカトが何かを言おうと口を開く。だけど私は、それを遮るように言葉を続けた。

「だけど、やっぱり私は東京に行く。それに、中途半端な気持ちで通用する世界じゃないと思ってるから、遠距離恋愛とかそういうのもできない」

タカトが口を閉じ、出しかけた言葉をぐっと飲み込むのがわかった。それから気まずそうに頭を掻いて、そっかー、振られたかーと作り笑いを浮かべる。ごめんね、なんて言葉で済ませたくなかったから、私はタカトの顔をじっと見つめて、ただ笑い返した。頑張れよ。タカトの言葉に私は頷く。道路の脇に除けられた雪の表面が、陽の光を反射して一瞬だけ瞬いた。

私たちは手を振って、それぞれの家へと歩いていく。二、三歩進んだ後で振り返ると、タカトが肩を落として歩いていく後ろ姿が見えた。その情けない背中に、申し訳なさよりも愛おしさが勝って、そしてそれから、泣きそうになってしまう。

「タカトー！」

タカトが立ち止まり、振り返った。ぐっと息を止め、涙を目の奥に引っ込めた後で、私は遠くからタカトに呼びかける。

「私に振られたくらいで、いつまでもメソメソすんなよー！」

「うっせー！」

タカトが笑って、もう一度遠くから手を振った。私も笑いながら手を振りかえして、再び自分の家へと歩き出す。歩きながら、タカトの顔が思い浮かぶ。自分が東京に行かず、この町でタカトと一緒にいる未来を想像してしまい、どうしようもないほどに胸が苦しくなる。自分で考えて、自分で選んで、これで良かったんだって自分に言い聞かせる。唇を強く噛みしめて、声にならないうめき声をあげる。頬を暖かい何かが伝う。そっと手でなぞると、生暖かい涙を指先に感じた。

家に帰って、自分の部屋に飛び込んで、そのままベッドの中に倒れ込む。頭の中をいろんな葛藤が暴れまわって、私はそのまま枕に顔を押し付け、声を出して泣いた。悲しいとか、悔しいとか、そんな一言で片付くような感情じゃない。ぐちゃぐちゃにかき混ぜられた、わけのわからない感情に突き動かされて、私は泣き続けた。そして、しばらくしてから誰かが部屋の中に入ってくる音が聞こえた。涙でぐちゃぐちゃに濡れた顔をあげると、そこには仕事が休みだったお姉ちゃんが立っていた。化粧がぐちゃぐちゃだね。私の泣き顔を見て、お姉ちゃんが笑った。

「やっぱり、ここに残ってタカトくんと付き合った方が良いなって思った?」

私は顔をあげ、袖で涙を拭う。無理矢理笑顔を作って、だけど、お姉ちゃんの顔をじっと見つめ返して、答える。

「全っ然!」

お姉ちゃんが手を差し伸ばす。私はその手を掴んで、そのまま引っ張られるようにして立ち上がった。いつもみたいにポンポンと頭を叩かれ、私は強がりなんかじゃなくて、心の底から笑った。乾いて張り付いた涙が、頬の上でポロポロと崩れる。

「雪も積もってるし、雪だるまでも作ろっか」

窓の外へと目を向けて、お姉ちゃんがそう言った。小学生じゃないんだから。私が笑いながら返事をすると、お姉ちゃんも優しく笑い返してくれる。

「何言ってんの。五、六年前までは春菜も小学生だったでしょ。行くよ」

お姉ちゃんがそう言って、部屋を飛び出していく。私はベッドの上に放り出していたマフラーと手袋を手に取って、それから、机の上に置かれたカメラを見た。

ほら、早く早く。

部屋の外から聞こえてくるお姉ちゃんの呼びかけに答えながら、私はカメラを手に取る。そして、カメラの紐を首にかけ、うっすらと雪が積もった外へと私は飛び出していった。

小学館文庫
好評既刊

小学館文庫
好評既刊

新入社員、社長になる

秦本幸弥

ISBN978-4-09-406882-5

未だに昭和を引きずる押切製菓のオーナー社長が、なぜか新入社員である都築を社長に抜擢。総務課長の島田はその教育係になってしまった。都築は島田にばかり無茶な仕事を押しつけ、島田は働く気力を失ってしまう。そんな中、ライバル企業が押切製菓の模倣品を発表。会社の売上は激減し、ついには倒産の二文字が。しかし社長の都築はこの大ピンチを驚くべき手段で切り抜け、さらにライバル企業を打倒するべく島田に新たなミッションを与え——。ゴタゴタの人間関係、会社への不信感、全部まとめてスカッと解決！　全サラリーマンに希望を与えるお仕事応援物語！

小学館文庫
好評既刊

あの日、君は何をした

まさきとしか

ISBN978-4-09-406791-0

北関東の前林市で暮らす主婦の水野いづみ。平凡ながら幸せな彼女の生活は、息子の大樹が連続殺人事件の容疑者に間違われて事故死したことによって、一変する。大樹が深夜に家を抜け出し、自転車に乗っていたのはなぜなのか。十五年後、新宿区で若い女性が殺害され、重要参考人である不倫相手の百井辰彦が行方不明に。無関心な妻の野々子に苛立ちながら、母親の智恵は必死で辰彦を捜し出そうとする。捜査に当たる刑事の三ツ矢は、無関係に見える二つの事件をつなぐ鍵を摑み、衝撃の真実が明らかになる。家族が抱える闇と愛の極致を描く、傑作長編ミステリ。

――本書のプロフィール――

本書は、小説投稿サイト「小説家になろう」および雑誌「ＳＴＯＲＹ ＢＯＸ」二〇二二年一月号に掲載された作品を再編集し、書き下ろしを加えたものです。

小学館文庫

△が降る街

著者　村崎羯諦

二〇二二年二月九日　初版第一刷発行

発行人　石川和男
発行所　株式会社 小学館
〒一〇一-八〇〇一
東京都千代田区一ツ橋二-三-一
電話　編集〇三-三二三〇-五九五九
　　　販売〇三-五二八一-三五五五
印刷所――――図書印刷株式会社

この文庫の詳しい内容はインターネットで24時間ご覧になれます。
小学館公式ホームページ　https://www.shogakukan.co.jp

ISBN978-4-09-407120-7